Marguerite Duras

Le Navire Night

Le Navire Night
Césarée
Les mains négatives
Aurélia Steiner
Aurélia Steiner
Aurélia Steiner

Mercure de France

Marguerite Duras est née en Indochine où son père était professeur de mathématiques et sa mère institutrice. A part un bref séjour en France pendant son enfance, elle ne quitta Saigon qu'à l'âge de dix-huit ans.

L'histoire que relate Le Navire Night m'a été racontée en décembre 77 par celui qui l'avait vécue, J. M. l'homme jeune des Gobelins. Je connaissais J. M. et je connaissais l'histoire. Nous étions une dizaine de personnes à en connaître l'existence. Mais on n'en avait jamais parlé ensemble J. M. et moi. C'est au bout de trois ans qu'un jour — j'en avais parlé avec une amie de J. M. qui disait avoir oublié déjà certaines choses — j'ai eu peur que l'histoire se perde. J'ai fait demander à J. M. de la consigner au magnétophone. Il a accepté.

A part certaines dates et l'entrelacs des noms du Père-Lachaise qu'il n'avait jamais réussi à débrouiller, il se souvenait. Tout était encore là. C'était trois ans après la fin de l'histoire, le mariage de F.

A l'entendre raconter, j'ai compris que J. M. avait sans doute toujours souhaité confronter cette histoire à un auditeur mais qu'il avait toujours craint — le moment venu — de ne pas être cru « s'il disait tout ».

Et qu'au contraire d'en être ennuyé il était heureux
d'en parler.

C'est à partir de cette bande magnétique que j'ai
écrit Le Navire Night — en deux temps donc, à six
mois d'intervalle. Le premier état du texte date de
février 78, il a paru dans la revue Minuit. Le
deuxième état du texte est celui ici édité, il est
définitif, il date du tournage, juillet 78.

J'ai donné le premier état du texte à J. M. Il l'a lu.
Il a dit que « tout était vrai mais qu'il ne reconnaissait
rien ». Je lui ai demandé si je pouvais le publier et
puis peut-être, plus tard, en faire un film. Il m'a dit
qu'il le souhaitait. Ce jour-là nous n'avons plus parlé
de l'histoire. A vrai dire, plus jamais ensuite. Après
avoir lu ce devenir — écrit par un autre — de sa
propre aventure J. M. est resté silencieux mais comme
s'il avait été à chaque instant au bord de parler. Je
crois qu'il devait découvrir que d'autres récits de son
histoire auraient été possibles — qu'il les avait tus
parce qu'il ne savait pas qu'ils étaient possibles
comme ils étaient possibles de toute histoire. Je crois
aussi que la sienne l'avait emporté si loin qu'il en
avait oublié son étendue, sa banalité.

Quelques jours après la lecture du texte J. M. m'a
téléphoné, il m'a dit avoir été repris d'un désir si fort
de F. — après la lecture de l'histoire écrite — qu'il
voulait savoir si elle vivait encore et qu'il me deman-
dait de mettre son nom en toutes lettres — au lieu de

ses initiales — dans la revue Minuit. Cela, afin que F.
comprenne qu'il l'appelait. J'ai dit que les initiales me
paraissaient suffisantes du moment que F. connaissait
son nom. Il en a convenu.

Plus tard, dans la semaine qui a suivi la sortie du
film, j'ai téléphoné à J. M. Il m'a dit avoir reçu des
coups de téléphone sans personne au bout du fil sauf
cette présence respirante indéniable et dont il savait,
lui, que c'était la sienne. Parce que, c'était déjà sa
manière à elle pendant leur histoire, de lui faire
connaître qu'elle l'aimait toujours et si fort qu'il en
était comme de croire en mourir.

F. mourante, vivait donc encore au début de
l'année 1979. Je n'ai pas revu J. M. depuis lors.

Je n'ai pas distribué le texte du Navire Night entre
ceux qui l'ont dit dans le film. Il y a seulement des
tirets devant les phrases pour indiquer que le diseur
devrait sans doute changer à tel ou tel moment du
récit. De même, je n'ai pas indiqué l'arrivée des plans
ni décrit leur teneur.

Je pense que ces précautions, je les ai prises pour
tenter d'effacer les traces du film afin d'éviter que le
lecteur en passe par lui aux dépens de sa propre
lecture.

Je crois maintenant — je l'ai sans doute toujours
cru — mais comment, comment occuper la vie? —

que ce n'était peut-être pas la peine de faire le film. Je crois que le film était sans doute en plus, en trop, donc pas nécessaire, donc inutile. Qu'il était en somme le mariage du désir sur les lieux mêmes de la nuit mais de la nuit chassée, remplacée par le jour. La lumière dans la chambre des amants je crois qu'il ne fallait pas la faire. Après l'écriture du texte tout venait trop tard, tout, parce que l'événement avait déjà eu lieu, justement, l'écriture. Parce que l'écriture, qu'elle soit écrite ou lue, c'est ici identique, c'est pareillement le partage de l'histoire générale. Cette histoire ici, qui est à tous, j'avais le droit, moi, d'en avoir ma part puisque c'est comme ça que moi, je la partage avec les autres, en écrivant. Mais peut-être n'avais-je pas le droit ici — ici, je crois au mal, au diable, à la morale — une fois l'écriture passée, une fois pénétrée et refermée cette nuit commune du gouffre, de faire comme s'il était possible d'y revenir voir une deuxième fois. De faire passer le gouffre, ce premier âge des hommes, des bêtes, des fous, de la boue, par l'épouvantail de la lumière, fût-ce celle d'une identité même incontrôlable, même accidentelle.

C'était inévitable d'écrire le Night — on le sait cela — oui, c'était plus fort que soi. Mais c'était évitable de le filmer — cela on le sait aussi — et je n'en sortirai pas : c'était évitable de faire un film avec ce noir-là. Mais comment occuper le temps ?

La personne qui se dévoile dans le gouffre ne se réclame d'aucune identité. Elle ne se réclame que de ça, d'être pareille. Pareille à celui qui lui répondra. A tous. C'est un déblaiement fabuleux qui s'opère dès qu'on ose parler, plutôt dès qu'on y arrive. Parce que dès que nous appelons nous devenons, nous sommes déjà pareils. A qui ? A quoi ? A ce dont nous ne savons rien. Et c'est en devenant personne pareille que nous quittons le désert, la société. Écrire c'est n'être personne. « Mort », disait Thomas Mann. Lorsque nous écrivons, lorsque nous appelons, déjà nous sommes pareils. Essayez. Essayez alors que vous êtes seul dans votre chambre, libre, sans aucun contrôle de l'extérieur, d'appeler ou de répondre au-dessus du gouffre. De vous mélanger au vertige, à l'immense marée des appels. Ce premier mot, ce premier cri on ne sait pas le crier. Autant appeler Dieu. C'est impossible. Et cela se fait.

La chance que j'ai eue c'est d'avoir échappé au premier découpage que j'avais fait. J'ai écrit pour la presse, à la sortie du film, le récit de cet échec. Je le donne ici pour mémoire et aussi parce que j'y vois déjà mais masqué, l'interdit que je me pose, le film :

« J'ai commencé le tournage du Navire Night le lundi 31 juillet 1978. J'avais fait un découpage. Pendant le lundi et le mardi qui a suivi, du 1er août, j'ai tourné les plans prévus dans le découpage. Le mardi soir, j'ai vu les rushes du lundi. Sur mon agenda, ce jour-là, j'ai écrit : film raté.

Pendant une soirée et une nuit, j'ai abandonné le film, le Night. Je me suis tenue hors de lui, loin, aussi séparée de lui que s'il n'avait jamais existé. Ça ne m'était jamais arrivé : ne plus rien voir, ne plus entrevoir la moindre possibilité d'un film, d'une seule image de film. Je m'étais complètement trompée. Le découpage était faux. Plus que ça : j'avais été étrangère au film : le découpage n'existait pas.

J'ai dit à mes amis : " Ça y est, cela m'est arrivé. " Mes amis m'ont dit que c'était normal, qu'étant donné ce que j'essayais de faire au cinéma, ils s'y attendaient. On a très peu parlé. Ils avaient vu les rushes eux aussi et on était tous d'accord. On a parlé d'une décision à prendre, celle de prévenir la production, l'équipe, les comédiens, que tout s'arrêtait.

Benoit Jacquot m'a dit d'attendre le lendemain matin pour décider définitivement de l'arrêt du film. De laisser passer la nuit. J'étais d'accord.

Je ne crois pas avoir espéré quoi que ce soit de cette nuit qui venait, du sommeil. Ça m'aurait troublée d'espérer encore. J'étais heureuse ainsi, tout à coup plongée dans une stérilité sans bornes, sorte d'étendue sans accident aucun, ni celui de la souffrance, ni celui du désir. Enfin présente à moi-même dans ce constat d'un échec avoué, sans recours aucun. C'était lumineux. C'était fini.

Cinéma, fini. J'allais recommencer à écrire des livres, j'allais revenir au pays natal, à ce labeur terrifiant que j'avais quitté depuis dix ans. En attendant, j'étais bien. Heureuse. J'avais gagné cet échec, j'avais gagné. Le bonheur devait venir de là, d'avoir gagné. Je me reposais d'une victoire, celle d'avoir enfin atteint l'impossibilité de filmer. Je n'ai jamais été aussi assurée d'une réussite que je ne l'ai été de cet échec, cette nuit-là.

J'ajoute que le point de vue financier ne m'importait pas. Je me permettais de rater un film, cela m'était égal.

J'ai dormi. Et puis, comme d'habitude, j'ai eu cette insomnie — dépressive dit-on — d'avant l'aube. Et c'est pendant cette insomnie que j'ai vu le désastre du film. Que j'ai donc vu le film.

Au matin, nous nous sommes retrouvés et j'ai dit à mes amis qu'on allait abandonner le découpage et tourner le désastre du film. Que dans la journée, on tournerait le décor et le maquillage des comédiens. On l'a fait. Peu à peu, le film est sorti de la mort. Je l'ai fait.

J'ai vu, chaque jour davantage, que c'était possible. J'ai trouvé le matériau de quoi recouvrir l'écran tandis que s'écoulerait le son, l'histoire. J'ai découvert qu'il était possible d'atteindre un film dérivé du Night, qui témoignerait de l'histoire plus encore (mais à un point incalculable) que ne l'aurait fait le soi-disant film du Night que j'avais cherché pendant des mois. On a mis la caméra à l'envers et on a filmé ce qui entrait dedans, de la nuit, de l'air, des projecteurs, des routes, des visages aussi. »

Les récits différés du Navire Night sur la Grèce ont trait à des épisodes de l'amitié qui nous lie, Benoit Jacquot et moi. C'est vrai, j'étais allée au Parthénon et au Musée de la Ville de cette façon-là. Et c'est vrai aussi que c'était à lui seul que je l'avais ensuite raconté. Et aussi qu'ensuite il y est allé strictement de la même façon. C'est notre façon à nous de nous retrouver à travers le temps.

Césarée et Les Mains négatives ont été écrits à partir de plans non utilisés du Navire Night. Puis faits avec ces plans.

Le texte qui a pour titre Aurélia Steiner est suivi d'un autre texte du même titre, Aurélia Steiner. Un troisième texte suit qui porte également ce titre. Deux films ont été faits à partir des deux premiers textes, ils portent eux aussi ce titre-là, Aurélia Steiner. On peut, pour plus de facilité, les désigner, dans l'ordre de l'édition, par les titres : Aurélia Melbourne, Aurélia Vancouver, Aurélia Paris.

Le Navire Night

— Je vous avais dit qu'il fallait voir.

Que vers midi le silence qui se fait sur Athènes est tel... avec la chaleur qui grandit...

La ville se vide à l'heure de la sieste, tout ferme comme la nuit...

... qu'il fallait assister à la montée du silence...

Je me souviens, je vous ai dit : peu à peu on se demande ce qui arrive, cette disparition du son avec la montée du soleil..

C'est là que cette peur arrive. Pas celle de la nuit, mais comme une peur de la nuit dans la clarté. Le silence de la nuit en plein soleil. Le soleil au zénith et le silence de la

nuit. Le silence au centre du ciel et le
silence de la nuit.

Quand les autres sont arrivés, vers deux
heures de l'après-midi, on est redescendus
vers la ville, Athènes, et puis plus rien n'est
arrivé.
Rien.
Rien d'autre que toujours, partout, ce
manque d'aimer.

— Au Musée civique d'Athènes, le lendemain après-midi...

— Ah oui... c'est vrai... j'avais oublié...
voyez comme on est...

... et puis je vous avais parlé de *l'autre
histoire*, celle des autres gens...

— *C'est un samedi. La nuit. Au printemps.
C'est presque le début de l'été. Au mois de juin.
Lui, l'homme de l'histoire, il travaille.*

Il est de permanence dans un service de télécommunications.

Il s'ennuie.

Paris vide. Le printemps. Un samedi. Il a vingt-cinq ans. Seul.

Il a certains numéros de connexion du gouffre téléphonique. Il les fait. Deux numéros. Trois numéros.

— Et puis, voici.
La voici.

On est en 1973.

Il tenait un journal à cette époque-là de sa vie et il dit avoir noté beaucoup de choses. Mais qu'ensuite, non. Qu'il a cessé. Qu'il a cessé peu après qu'elle ait commencé, elle, l'histoire, l'histoire d'amour.

Histoire sans images.
Histoire d'images noires.

Voici, elle commence.

Elle lui téléphone en même temps que lui dans l'espace et dans le temps.
Ils se parlent.
Parlent.

— *Ils se décrivent. Elle se dit être une jeune femme aux cheveux noirs. Longs.*

— *Il dit être un homme jeune aussi, blond, aux yeux très bleus, grand, presque maigre, beau.*

— *Elle lui parle de ce qu'elle fait. D'abord elle dit qu'elle travaille dans une usine. Une autre fois elle dit revenir de Chine. Elle lui raconte un voyage en Chine.*

— *Une autre fois encore elle dit faire des études de médecine, cela en vue de s'engager dans le corps des Médecins sans Frontières.*

— *Il semblerait qu'elle s'en soit tenue par la suite à cette version-là. Qu'elle n'en ait plus*

changé. Qu'elle n'ait jamais plus dit autrement
que ceci : qu'elle finissait sa médecine, qu'elle
était interne dans un hôpital de Paris.

— Il dit qu'elle parle très bien. Avec facilité.
Qu'on ne peut pas éviter de l'écouter.
De la croire.

— Il lui donne son numéro de téléphone. Elle,
elle ne donne pas le sien.

— Non, elle, non.

— Il se passe un mois.
C'est pendant ces jours-là qu'elle se nomme.
Qu'elle lui donne un prénom comment l'appeler qui
commence par la lettre F.

— Il dit qu'elle a une voix qu'on aime écouter.
Il dit : assez fascinante.

— Ils se parlent. Inlassablement.
Parlent.

— *Sans fin se décrivent. L'un l'autre. A l'un,
l'autre. Disant la couleur des yeux. Le grain de la
peau. La douceur du sein qui tient dans la main.
La douceur de cette main. En ce moment même où
elle en parle, elle la regarde. Je me regarde avec tes
yeux.*

— *Il dit qu'il voit.*
Se décrit, lui, à son tour.
*Il dit suivre sa propre main sur son propre
corps.*
*Dit : c'est la première fois. Dit le plaisir d'être
seul, que cela procure. Pose le téléphone sur son
cœur. Entend-elle ?*

— *Elle entend.*

— *Il dit que tout son corps bat de même au son
de sa voix.*

— *Elle dit qu'elle le sait. Qu'elle le voit.
L'entend, les yeux fermés.*

— *Il dit : j'étais un autre à moi-même et je
l'ignorais.*

— *Elle dit n'avoir pas su avant lui être désirable d'un désir d'elle-même qu'elle-même pouvait partager.*

Et que cela fait peur.

— *L'histoire est arrivée ?*

— *Quelqu'un dit l'avoir vécue en réalité, oui.*

Et puis elle a été racontée par d'autres.
Et puis elle a été rédigée.
Écrite.

— *C'est la nuit qu'elle appelle.*

Oui, avec la nuit, elle appelle.

— *La nuit venant elle vient.*
« C'est moi F. j'ai peur. »

— *Les conversations deviennent très longues.*
Des nuits.

— *Elles finissent par durer jusqu'au jour.*
Elles durent huit heures. Dix heures d'affilée.

— *Il ne connaît toujours pas son nom, ni son*
adresse, ni son numéro de téléphone.

— *Il ne connaît que ce prénom comment elle*
s'appelle elle-même lorsqu'il décroche le télé-
phone :
« C'est moi F. j'ai peur. »

— *Il est à sa disposition. C'est lui qui attend*
les coups de téléphone. Il n'a aucun moyen de la
joindre. Aucune indication sur le lieu où elle se
tient.

— *Il ne réclame pas d'en avoir. Cela pendant*
des mois.

— *Une fois elle lui apprendra certaines choses.*

— *Une fois elle lui apprend : l'endroit, c'est Neuilly.*
Le lieu où elle se tient c'est là, Neuilly.
Un hôtel particulier.
Entre la Seine et le Bois.

— *Neuilly : Neuilly sans fin autour d'elle...*

— *Autour de l'image noire...*

— *Neuilly sans fin autour d'elle.*

— *Autour de l'image noire...*

— *Pendant des nuits et des nuits ils vivent le téléphone décroché. Dorment contre le récepteur. Parlent ou se taisent. Jouissent l'un de l'autre.*

— *C'est un orgasme noir. Sans toucher réciproque. Ni visage. Les yeux fermés.*

Ta voix, seule.
Le texte des voix dit les yeux fermés.

— Aucune image sur le texte du désir?

— Laquelle?

— Je ne vois pas laquelle.

— Alors il n'y a rien à voir.

— Rien. Aucune image.
Le Navire Night est face à la nuit des temps.

— Aveugle, avance.
Sur la mer d'encre noire.

— Le Navire Night vient d'entrer dans son histoire.

— *C'est elle qui la première veut le voir, le*
rencontrer.

Elle lui donne deux sortes de rendez-vous. Ceux
qui sont décommandés. Ceux qu'elle ne décom-
mande pas.

Il va à tous les rendez-vous.

Chaque fois il y a des circonstances imprévues
qui empêchent la rencontre.

Il ne s'étonne pas de l'empêchement à la
rencontre.

Il le croit possible, chaque fois.

— *Il croit ce qu'elle dit.*
La croit.

— *Très vite, il ne peut rien pour détourner*
l'histoire. C'est elle F. qui mène l'histoire. Lui
tient tête. Qui évite les imprudences.

— *Qui petit à petit les fait tous les deux*
s'accoutumer.

Elle, elle ne sait rien. Invente.
La première à devenir folle.

— *Des mois passent.*

Un an.

— *Trois ans.*

— *L'histoire se creuse de cavernes, s'approfondit. Plus son décor grandit, plus elle s'obscurcit.*

— *Un jour elle lui apprend : elle est malade. Leucémique. Condamnée à mort. Maintenue en vie à force de soins, d'argent, depuis dix ans, depuis l'âge de seize ans. Elle a maintenant vingt-six ans.*

— *Autour d'elle, la Seine sale.*

— *Et ce Bois.*
Ce décor triste
Atteint à son tour
De mort.

— *Pendant toute une période elle refuse de le voir. Refuse cette idée. Elle dit qu'ils ne se rencontreront jamais. Qu'ils ne se verront jamais.*

— *Elle dit qu'elle l'aime à la folie. Qu'elle est folle d'amour pour lui. Qu'elle est prête à tout quitter pour lui.*
Par amour pour toi, je quitterais ma famille, la maison de Neuilly.
Mais il n'est pas nécessaire pour autant qu'on se voie.
Je pourrais tout quitter pour toi sans pour autant te rejoindre.

Quitter à cause de toi, pour toi, et justement ne rejoindre rien.

Inventer cette fidélité à notre amour*.

Elle dit qu'elle l'aime à la folie. Qu'elle est folle d'amour pour lui. Qu'elle est prête à tout quitter pour lui.

Par amour pour lui, elle quitterait sa famille, la maison de Neuilly.

Mais qu'il n'est pas nécessaire pour autant qu'ils se voient.

Elle pourrait tout quitter pour lui sans pour autant le rejoindre.

Quitter à cause de lui, pour lui, et justement ne rejoindre rien.

Inventer cette fidélité à leur histoire**

— *Ce territoire de Paris la nuit, insomniaque, c'est la mer sur laquelle passe le Night. Ce film. Cette dérive qu'on a appelée ainsi : le Navire Night.*

---

* Texte dit.
** Texte lu sur un tableau noir.

Rien dans le jour ne se voit de la nuit ce passage.

Rien dans le jour.

Les mouvements du Navire Night devraient témoigner d'autres mouvements qui se produiraient ailleurs et qui seraient de nature différente.

Les mouvements du Navire Night devraient témoigner des mouvements du désir.

— Il insiste. Il veut voir.

Parce que l'idée de voir fait de plus en plus peur il veut voir.

Une façon de liquider l'histoire, d'y mettre fin.

— Ils savent tous les deux que la distance n'est plus mesurable désormais entre celle-ci qui crie la nuit, fondue à la généralité du désir, celle défigurée du gouffre, et celle-là — qui serait elle ? — qu'il ne reconnaîtrait pas dans le voir, qu'il ne

reconnaîtrait que les yeux fermés dans le noir du monde.

— Il ne promet pas de fermer les yeux à son approche, lorsqu'elle apparaîtrait décente recouverte d'un Chanel blanc à l'angle d'une rue de Neuilly.
Non il n'a pas promis de ne pas regarder.

— Elle cède.
Un rendez-vous est pris.

— On est à Paris en juillet 1973.

— Il fait ce jour-là une chaleur intense.

Le rendez-vous devrait avoir lieu dans un café de la place de la Bastille à trois heures de l'après-midi.

— Il l'attend, il dit pendant une heure et demie.
Sans doute encore plus.

Elle ne vient pas.

Le soir, elle téléphone. Elle dit qu'elle est allée au rendez-vous. Qu'elle l'a vu.

— Qu'il portait une chemise d'été légère. Elle dit la couleur. La transparence.
Elle dit qu'elle n'a pas pu s'arrêter.

— Il n'a rien vu passer devant lui qui ressemble à son image noire, celle donnée par elle le premier jour.

Elle est passée devant lui en auto. Derrière elle le chauffeur de son père la suivait, cela sur ordre de son père. C'est ce qu'elle dira. Qu'elle avait obtenu de ce père de pouvoir le voir à condition de ne pas s'arrêter.

— Le chauffeur lui avait avoué avoir reçu l'ordre de rendre compte de son obéissance. Elle n'aurait donc pas pu s'arrêter sans compromettre le chauffeur. Le comprend-il ?

— Il le comprend.

— *Dès lors, elle ne peut plus oublier cet homme qu'elle a vu, qui attendait cette femme, elle. Ce corps aperçu à travers la transparence de la chemise, le temps du passage, cette trace noire des seins sur la poitrine maigre la comble de folie.*

Elle, elle l'a donc vu désormais. Pendant quelques secondes. Mais l'image est là pour toujours.

Je ne parle pas de celle de ton visage mais de celle de ton corps.

— *Il vient à l'esprit qu'elle ait été empêchée ce jour-là de si grande chaleur, à cause de la leucémie, de descendre de l'auto et de marcher vers lui.*

Ou bien que ce soit d'une ambulance louée pour ça — pour te voir — qu'elle l'ait aperçu qui l'attendait.

Après le rendez-vous de la place de la Bastille elle entre dans un désir de chaque fois, de chaque nuit.

Chaque nuit réclame d'en mourir.
Demande d'en mourir.

— Les gens qui crient la nuit dans le gouffre se donnent tous des rendez-vous. Ces rendez-vous ne sont jamais suivis de rencontres. Il suffit qu'ils soient donnés.

— C'est l'appel lancé dans le gouffre, le cri, qui déclenche la jouissance.

— C'est l'autre cri. La réponse.
— Quelqu'un crie. Quelqu'un répond qu'il a entendu le cri, qu'il lui répond.
C'est cette réponse qui déclenche l'agonie.

— *Vous disiez vous souvenir de cet homme qui hurlait à l'aube.*

— *Oui. Il appelait. Il disait qu'il était le Chat. Je suis le Chat... Vous entendez ? Le Chat appelle.. Ici le Chat...*

— *Le ton ordonnait.*

— *Il commandait oui. En même temps il suppliait.*

— *Il disait que le Chat cherchait quelqu'un. Que le Chat voulait jouir. Qu'il fallait lui répondre.*

— *C'est un homme qui a répondu. La voix était très douce, tendre. Il a dit qu'il entendait le Chat. Qu'il lui répondait pour lui dire ça, qu'il l'entendait.*

— *Il lui disait de venir. De jouir. Viens. Jouis.*

— *Oui.*

La voix du Chat s'est calmée dans des sanglots.
C'était à Paris en hiver vers quatre heures, en pleine nuit.

— Une autre fois. Une autre fois encore elle lui donne une autre information : elle a deux mères. Elle est bâtarde. Sa mère officielle n'est pas sa vraie mère.

— Sa vrai mère est une ancienne domestique de l'hôtel de Neuilly. Elle est maintenant à la retraite. Elle habite en banlieue.

— Elle est surveillée.
Autour d'elle on s'inquiète de ces coups de téléphone si longs, la nuit, parce qu'ils la fatiguent beaucoup.
Des ordres sont donnés par le père pour que les dégâts de l'histoire sur la santé de F. se limitent à ces coups de téléphone.

— *Pour que rien d'autre n'ait lieu. Rien en dehors de ces coups de téléphone.*

— *C'est le chauffeur du père qui le premier la prévient de cette surveillance. Lui aussi, ce chauffeur, veut son bien, sa survie, comme tout le monde autour d'elle.*

— *Un jour.*
Un jour la maison de Neuilly s'éloigne.
Il croit qu'on ment. Il ne croit plus qu'on y meurt.
S'il voit encore cette maison de Neuilly, cette dérive arrêtée entre les haies, il ne voit plus qu'on y meurt.
Il ne la voit plus contenir cette légende de la seule héritière au nom inconnu, leucémique et bâtarde. Celle de son désir.

— *Il doute brutalement de l'un des termes donnés par F., la maladie. Il lui dit que là, c'est*

trop. Il parle de stratagème. Il lui dit qu'elle ment.
  Que là, elle ment.

  — Alors elle lui parle d'une preuve irréfutable
de leucémie. Ces cheveux blonds qu'elle a, très
longs, très beaux, une masse énorme, étonnante,
dans laquelle elle dort. S'il pouvait voir.

  — Elle s'étonne. Comment ignore-t-il une
chose aussi courante, aussi connue?... que la
leucémie fait les cheveux très longs, très beaux,
incomparablement blonds?

  — Il lui rappelle que le premier soir elle s'est
décrite brune.

  Elle lui dit qu'il a mal entendu.

  Il ne résiste pas.

  — Les dates se brouillent.
Le journal n'est plus tenu aussi régulièrement.
La chronologie n'est plus assurée.

— *Il ne reste qu'une mémoire globale de l'événement.*

Si entière, que chaque nuit témoigne de la totalité du désir.

— *Les parois tombent entre les jours.*

— *Elle dit qu'elle souffre. Physiquement. Très fort. De plus en plus fort. Qu'elle est très faible. De plus en plus faible. Si faible qu'elle tombe, et cela souvent. Et qu'elle se blesse, et qu'elle a tout le corps marqué par les marques et les blessures de ses chutes.*

— *Et que sa jouissance se mêle à cette douleur.*

— *Elle dit : la maladie s'aggrave, augmente.*
Elle dit qu'elle continue à aller travailler dans l'hôpital parisien où elle fait ses années d'internat. Mais être de plus en plus fréquemment au lit, sous perfusion. Ne vivre que de ces perfusions, de ces transfusions.
Et puis, parfois, tout à coup, renaître, revivre.

— *Ce balancement entre la vie et la mort.*
Disparaît
Se meurt
Se tait
Et puis revient à la vie
Il dit qu'il se met à l'aimer.

— *Voici que dans la maison de Neuilly on a peur.*

Il reçoit des coups de téléphone de la femme du père, la mère illégitime. Elle connaît le numéro de téléphone de l'homme jeune des Gobelins.

Il ne saura jamais si c'est F. qui a donné ce numéro ou s'il a été volé pendant son sommeil.

La mère illégitime le supplie de laisser F. tranquille. Que ces nuits passées au téléphone épuisent son enfant, la tuent. Qu'il y va de la vie de cette enfant.

— *Il demande : comment, de quelle façon pourrait-il la laisser tranquille ? Il n'a, lui, aucun* moyen de l'appeler, il ne connaît ni son adresse, ni son nom, ni son numéro de téléphone.

La mère illégitime dit que le moyen consisterait à refuser de lui répondre.

— Il le fait. Coupe la communication dès qu'il reconnaît sa voix.

— Elle rappelle.
Elle déguise sa voix.
Il la reconnaît.
Alors de nouveau il ne lui résiste pas.
Lui répond.

— Un jour, une femme vient chez lui pour lui apporter une enveloppe de la part de F. Elle dit être la lingère de la maison de Neuilly. Peut-être la femme du chauffeur.

— L'enveloppe contient deux photographies.

C'est une jeune femme.

Elle a des cheveux blonds, très longs, très beaux.

Elle est assez grande. Mince.

Il dit : elle a un visage banal.

— Elle est photographiée dans un parc. C'est une pelouse entre des arbres et des haies.

— L'enveloppe contient aussi un mouchoir brodé à ses initiales et une somme d'argent en espèces.

— L'histoire s'arrête avec les photographies.

— Seul le soir, avec ces photographies méconnaissables. Enfermé avec elles. Désespéré.

— Le Navire Night est arrêté sur la mer. Il n'a plus de route possible. Plus d'itinéraire.

— Le désir est mort, tué par une image.

— *Il ne peut plus répondre au téléphone. Il a peur.*

A partir des photographies il ne reconnaîtrait plus sa voix.

Qui est-ce d'aussi imprévisible ?

Qui ?

Il est trop tard pour qu'elle ait un visage.

Il faut qu'il rende ces photographies. Vite.

Il ne sait pas comment les rendre. Ni à qui.

Puis il se souvient.

— *Il se souvient. La lingère qui est venue porter l'enveloppe lui a dit être en relation avec la véritable mère de F. Elle a dit qu'elles habitaient toutes les deux dans une même H.L.M. aux environs de Paris.*

— *La lingère, sur l'ordre de F. lui a donné son propre numéro de téléphone.*

Mademoiselle m'a dit de vous donner mon numéro de téléphone, le voici, on ne sait jamais.

— *Un cloisonnement est franchi.*

La vraie mère téléphone. « *Que puis-je pour vous, Monsieur ?* »

Il dit je veux vous rendre les photographies.

Elle ne demande pas quelles photographies.

Elle dit que c'est d'accord.

Le rendez-vous est pris. Il ira chez elle.

— *C'est une H.L.M. du côté de Vincennes. Appartement acheté par le père en récompense de l'enfant.*

C'est elle qui ouvre la porte.

— *Soixante ans. L'allure d'une domestique. Il dit ça, elle a l'allure d'une domestique. Seule au treizième étage. Vue sur la banlieue Est. Vincennes-Saint-Mandé. L'exil.*

— *L'appartement est de style ouvrier. Meubles en contre-plaqué de série européenne. Fausse fourrure sur le lit. Propreté immaculée du vide.*

— *Visage lisse, regard absent. Elle prend les photographies sans un mot. Il ne demande pas qui est cette femme dans le parc. Jeune. Blonde. Elle ne le dit pas. Ne demande pas pourquoi il les rend.*

Il lui demande de parler de F.

Elle dit qu'elle a eu F. avant le mariage du père avec l'autre femme, celle qui porte le nom du père. Qu'après ce mariage, elle a été engagée comme nourrice de l'enfant dans la maison de Neuilly.

— *Puis lorsque l'enfant a été grande on l'a gardée comme femme de chambre. Cela, toujours par bonté, dit-elle, pour ne pas la séparer de son enfant, tout ce qu'elle a au monde.*

Il ne saura jamais rien sur la relation entre F. et sa vraie mère.

C'est tard, semblerait-il, elle était déjà grande, que F. a appris que sa vraie mère était celle qui dormait dans les sous-sols de la maison de Neuilly.

— *Que la femme aimée par le père, la seule, avait été celle-là.*

— *Il reverra plusieurs fois la vraie mère. Sur les ordres de son enfant elle reviendra le voir pour lui apporter d'autres cadeaux, d'autres sommes d'argent.*

— *La lingère aussi, comme la vraie mère, vient le voir sur les ordres de la jeune maîtresse de Neuilly. Elles viennent lui remettre des enveloppes contenant l'argent et les cadeaux.*

— *C'est un briquet en or. Un portefeuille en lézard. Mais ce n'est pas l'essentiel.*

— *L'essentiel c'est l'argent.*

Elles ne viendront jamais chez lui sans une forte somme d'argent.
Il prend l'argent.
Les sommes d'argent sont pour lui considérables.

— *Elle parle de lui donner tout. De lui donner une automobile, un appartement. Tout.*

— *Elle ne donnera plus de photographies, qu'elles soient d'autres femmes ou d'elle-même.*
Il n'est jamais question entre eux de ces photographies.
Il ne sera jamais question entre eux des photographies de cette jeune femme dans le parc.
Elle n'en a jamais parlé.

— *Il dit : j'ai oublié les photographies.*
Ça a recommencé comme avant.

— *L'argent est donné pour quoi ? Que paye l'argent ? L'histoire d'amour peut-être ? Quelque chose est payé dans l'histoire. Il y a donc un prix à payer à quelque chose dans l'histoire.*

— *Il prend l'argent, donc confirme le paiement.*

— *Sans doute l'argent est-il ici comme au-*

leurs, comme partout, dans sa fonction salariale.

— Toujours délivré par les mêmes mains. Ici, celles-ci, celles de la jeune maîtresse de Neuilly.

Elle le paye de lui donner tant de désir.

— Je vous avais dit être partie de l'hôtel bien avant les autres, que j'y étais arrivée vers onze heures du matin. Que j'étais seule. A part deux dames des ambassades de France en Amérique rencontrées à l'aéroport d'Athènes, seule.

Que j'y étais restée jusqu'à deux heures de l'après-midi.

Vous y êtes allé de cette façon vous aussi, non ?

— Oui.

— Je vous avais dit qu'il fallait voir. Voir.

Que vers midi le silence qui se fait sur Athènes est tel... avec la chaleur qui grandit... La ville se vide à l'heure de la sieste, tout ferme comme la nuit...

Je vous ai parlé d'épouvante.

Je vous ai dit : peu à peu on se demande ce qui arrive... cette disparition du son avec la montée du soleil...

C'est là que cette peur arrive.

Pas celle de la nuit, non, mais comme une peur de la nuit dans la clarté... le silence de la nuit en plein soleil... le soleil au zénith et le silence de la nuit...

la peur...

Alors l'ombre glisse et s'amasse aux pieds des colonnes, elle s'entasse, se durcit, et pendant un certain moment, la chose est sans ombre aucune. Comme inapparente, vous voyez ?

Disparue...

Le silence est tel qu'il redevient celui de la campagne. Une vallée tranquille.

...à ce point qu'un essaim de papillons s'est trompé. Il a traversé le silence, le gouffre de la ville. Il est arrivé sur la colline. Il a traversé le temple.

Il venait des collines de l'Attique.

Ils étaient blancs.

C'est à ce moment-là que j'ai vu. Tandis que les papillons traversaient, j'ai vu... le temple n'est pas blanc mais de marbre bleu.

Et puis, l'ombre, elle revient.

Elle implante le temple de nouveau du côté inverse à celui de sa disparition.

C'est d'abord comme une ligne noire.

Et puis comme un trait.

On a moins peur.

Le relief de nouveau se voit.

Petit à petit la plage entière le long du temple s'est recouverte de noir.

Quand les autres sont arrivés vers deux heures de l'après-midi ils ont visité le temple. Puis on est redescendus ensemble vers la ville. Athènes.

Et puis plus rien n'est arrivé. Plus rien. Rien. Sauf toujours, partout, ces cris. Ce même manque d'aimer.

— Au Musée civique d'Athènes le lendemain après-midi...

— Ah oui c'est vrai... j'avais oublié... voyez comme on est... oui... et puis il s'est trouvé que c'était le même jour... je vous ai parlé de l'autre histoire... celle des autres gens... *

— *D'abord il ne trouve rien en commun entre F. et sa mère. Puis tout à coup, lorsque la mère*

* Dans le film *le Navire Night* cette partie du texte a été abandonnée. Un fragment en a été retenu au début du film.

téléphone pour lui annoncer qu'elle va venir lui porter un cadeau, il trouve que leurs voix sont pareilles. Les inflexions de leurs voix. Quand elle lui téléphone, il confond. Souvent.

— C'est elle, la vraie mère, qui téléphone. Lui ne peut la joindre que par la lingère, la femme du chauffeur.

— Il lui demande plusieurs fois de lui donner le numéro de téléphone de sa fille. Elle ne refuse pas.

— Elle donne chaque fois un numéro de téléphone. Dit chaque fois que celui-ci est le vrai, le bon. Il téléphone.
Il tombe sur des cinémas.

— Elle lui donne des rendez-vous. Elle lui donne dix rendez-vous. Il va à tous les rendez-vous.

— Ces rendez-vous sont toujours donnés dans des lieux publics, vastes à s'y perdre. Le Bois. La

place de la République. La place de la Bastille.
Les Champs-Élysées. Les grands Boulevards.
Aux heures d'intense circulation.
De nuit. De jour.

— A n'importe quelle heure de la nuit ou du
jour.

— Il croit qu'elle n'est pas responsable de cette
impuissance à venir.

— Qu'elle est la proie d'antagonismes plus
forts qu'elle-même et que sa propre mise à la
disposition de ces antagonismes est sa force même.
Que son abandon à ces forces brutales témoigne
d'elle.

— Il croit toujours possible qu'elle vienne.
Comme elle-même le croit possible, jusqu'à la
dernière minute.
Il dit : et puis, sans doute, elle n'arrive pas à
sortir de ça. Cette épaisseur. Ce Bois.

— Elle lui parle du père.
Elle lui parle de l'argent.
Souvent.
Le père. Redoutable et vénéré. Vénéré par tous.
Craint par tous. Situation considérable. Directeur
d'un organisme économique majeur de l'État.
Conseiller financier privé du président de la
République française. C'est lui le pourvoyeur
d'argent.
L'argent paraît sans fond. Risible.

— Une propriété sur le lac Majeur.

— Une autre à Sainte-Marie de Provence.

— Une autre à Bormes-les-Mimosas.

— Et cette maison-là, à Neuilly.

— Seule héritière, elle, F. l'enfant condamnée
à mort.

— Le père.
Le père, lui, ne téléphone jamais. Il menace par

l'intermédiaire des femmes de la maison de
Neuilly. Il faut que l'histoire ne s'étende pas au-
delà des coups de téléphone.

— Il croit l'histoire moins néfaste à la santé de
F. si elle n'est pas visible.
Ce retard du père sur son enfant témoigne du
père. De son infirmité essentielle quant au désir.

— Une fois, tandis qu'elle lui téléphone de
jour, il entend que quelqu'un appelle un prénom
dans la maison et qu'elle répond. C'est la mère
illégitime qui appelle son enfant.
C'est ainsi qu'il apprend son prénom de bap-
tême et d'état civil.

— Elle ne dément pas.
Dès lors, il l'appellera de ce prénom-là.

— Le nom du père, son nom, celui-là, elle dit
que c'est à lui de le découvrir.

Qu'il y a différentes sortes de recherches. Les
recherches secondaires. Et la recherche principale.

— *La recherche principale devrait avoir lieu au cimetière du Père-Lachaise.*

Elle lui dit comment, comment aller à l'endroit de la recherche principale. C'est là, dans un angle du temple de la mort. Le lieu n'est pas très visité. Les pierres sont vertes. Monumentales. Déterrées. Illisibles pour la plupart.

— *Il s'agit d'une poubelle de maréchaux d'Empire anoblis sur les grands lieux de la mort du début du XIXe siècle, de ducs de Dalmatie et d'Austerlitz, de France et de Waterloo, d'une lignée crapuleuse de financiers véreux, d'une racaille à Neuilly émigrée par peur de la Commune, et du fatras de leurs femmes et de leurs enfants.*

— *C'est là, dans cette poubelle, qu'il faut chercher. Le nom de sa mère y figure aussi. En tant que celle-ci est descendante des grands chefs militaires de l'armée napoléonienne et des financiers du règne, elle est aussi là, dans cette brocante.*

— *Mais c'est aussi, dans cette même brocante, mêlé à elle, que se trouve le nom de son grand-père paternel. Donc, le nom de son père. Donc le sien.*

— *Elle n'explique pas pourquoi, avant même leur naissance, les noms de sa mère et de son père se trouvent déjà unis sur les pierres tombales du Père-Lachaise.*
Des mésalliances sans doute corrigées ensuite par ces mariages ? On ne sait pas.

— *L'explication est perdue.*

— *Il ne va pas au Père-Lachaise.*

— *Elle, elle croit que si, qu'il a fait les recherches qu'elle lui a indiquées.*
Pendant tout un temps elle croit qu'il sait qui elle est à partir de son nom. Qu'avec ce nom il saura trouver la maison de Neuilly.

— *Il ne lui dit pas ne pas être allé au Père-Lachaise.*

— Je vous avais dit où elle était, entre deux salles, les dernières de cette immensité du musée de la ville, juste avant la salle des carcasses des chevaux de cuivre qu'on a trouvées en 1960, dans le port du Pirée.
C'est à partir de la blessure du visage, je crois, qu'elle m'a tellement frappée. Cette blessure contrastait avec le regard... intégral, vous voyez... je ne sais plus très bien...

Je l'ai regardée très longtemps.

Vous ne l'avez pas trouvée dans le musée?

— Non.

— Son nom est écrit.

— Athéna.

— Oui, c'est ça...

Elle doit avoir la partie gauche du visage arrachée comme par un soc de charrue, par du fer, mais ses yeux sont intacts... des amandes blanches sans relief aucun...

Il n'en existe aucune reproduction?

— Aucune.

— La tête est toute petite, elle tiendrait dans la main. Je vous avais dit une tête d'enfant.

Elle est sur une colonne basse perdue entre les grandes stèles, le fatras des dernières salles.

Remarquez, il est possible que l'ayant trouvée négligeable, à cause de cette blessure justement, les autorités du Musée l'aient entreposée dans les réserves du sous-sol.

Mais ce qui m'étonne c'est que la chose se soit passée entre ma visite et la vôtre, c'est-à-dire dans la même journée...

— Pourquoi pas?

— C'est vrai... Pourquoi pas...

— La blessure du visage est terrible. Elle doit être pour beaucoup dans la profondeur du regard.

— Ce regard est pour vous...

— Oui, c'est ça, c'est un regard qui vous regarde... il est vers celui qui regarde mais à travers lui aussi... et encore beaucoup plus loin... au-delà de la fin, vers ces lointains... vous voyez... on ne peut pas... on ne voit pas quels noms leur donner... ils sont communs à toute l'histoire...

— Je vois sans voir.

— Oui, c'est ça.

— Le lendemain, on a quitté Athènes, et puis plus rien n'est arrivé.
Plus rien.
Sauf, toujours, partout, ces cris.
Ce même manque d'aimer.

— *A Paris.*
A Paris, l'amour, toujours. De nuit. Sans issue.
La jouissance dans des sanglots.
Entre eux, ce mur infranchissable, aveugle.

— *Parfois ils ne peuvent pas se passer l'un de l'autre. Ils se téléphonent de nuit, de jour.*

— *Parfois ils ne peuvent plus se supporter. Se disputent.*

Crient.
Se quittent.

— Et un jour, la jalousie éclate.
Imprévisible.
Terrible.

— Elle veut être la préférée à toutes.
La seule.

— Elle déguise sa voix, téléphone de la part
d'autres femmes.

— Il la reconnaît toujours.

— Elle le fait suivre. Ou elle le suit. Il ne
saura jamais.

— Il n'a jamais compris comment c'était
possible. Comment c'était arrivé.

— Le soir, elle téléphone, elle lui dit l'heure à
laquelle il est sorti de son travail, les endroits où il

est allé, les rues qu'il a prises en bicyclette avant de rentrer chez lui.

Tous ses parcours.

— Il ne veut pas regarder derrière lui. Il sait. Il sait être pris dans une surveillance de tous les instants.

— Il ne cherche pas à savoir qui est là, derrière lui.

Elle le provoque au jeu de la mort. Il se prête à ce jeu comme jamais il n'aurait pu le prévoir.

Ils le savent tous les deux : s'il se retourne et voit qui, l'histoire meurt, foudroyée.

— Il sait, c'est elle. Les détails donnés le soir au téléphone ne peuvent le tromper.

« Et quand tu as pris la rue du Val-de-Grâce il y a eu une éclaircie et tu as regardé le ciel... »

— Il arrive chez lui. S'engouffre dans le couloir de l'immeuble. Il sait : elle est là, le regarde disparaître. Il ne se retourne pas. Il attend, fou de désir jusqu'aux pleurs.

— *C'est pendant cette période qu'il découvre la puissance phénoménale de la solitude, la violence non adressée du désir.*

— *C'est là qu'il refuse l'histoire mortelle pour rester dans celle du gouffre général.*

— *Il dit maintenant qu'il n'a jamais vu quelqu'un le suivre.*

— *Il dit aussi avoir remarqué, une fois, une auto avec chauffeur de maître arrêtée aux environs du lieu de son travail. Vide.*

— *Une fois, tandis qu'elle lui téléphone dans le silence de Neuilly le soir, il entend une voix d'homme demander à Madame « s'il peut desservir ». Elle n'a pas menti sur la richesse, il y a un maître d'hôtel dans la maison de Neuilly.*

— *Ce voyage en Saône-et-Loire.*

Il lui avait dit que c'était là qu'il était né. Elle y va, voyage dans la région jusqu'à ce qu'elle trouve la maison. La trouve. La lui décrit parfaitement au retour. Trouve aussi l'appartement de sa mère dans une ville voisine. Lui téléphone, lui dit qu'elle est folle d'amour pour lui, son enfant.

— *Est-ce qu'il sait si elle est encore vivante?*
— *Il dit que non, rien.*
— *Peut-il le savoir?*

— *Il pourrait téléphoner à la lingère, cette autre femme de l'H.L.M. Mais il ne peut pas le faire maintenant. Il n'a plus son numéro de téléphone. Il ne se souvient pas de son nom. Il ne peut pas demander le renseignement.*

— *D'après lui, est-elle morte?*

— *Il dit : peut-être, qu'il ne sait pas, aucune idée... Mais... sans doute... oui... elle était si malade à la fin.*

— *A la fin ?*

— *Oui, lorsque ça a cessé.*

— *Elle avait plusieurs fois pris la décision de
ne plus l'appeler.*
Puis une fois elle l'a fait.

— *Une fois elle l'a fait.*

*Si elle est morte, sa tombe est au Père-Lachaise.
Dans ce cas on devrait savoir, à la fraîcheur de la
taille des pierres tombales et à celle de la terre
remuée, on devrait savoir que c'est elle.*

— *Le nom, dans ce cas, qui serait suivi du
prénom donné en dernier, serait le sien.*

— *Il dit : J'étais fou. On était fous.*

— *De quoi il était fou : du désir d'elle ?*

— *Il dit ne pas savoir exactement de quoi il
était fou. Qu'il ne pouvait pas être fou pour elle,
de désir d'elle.*

Comment cela aurait-il été possible ?

— *De l'image ?*

— *Du désir même ?*

— *Il répond qu'il ne sait pas.*

— *A-t-elle existé ?*

— *Qui ? Qui n'aurait pas existé ?*
*Il dit : Si, elle existait. Dans tous les cas. Elle
existait. Quelle qu'elle eût été, quelle qu'elle soit
peut-être encore, elle existait.*
Existe.

— *D'où qu'elle vienne, de quelque alibi dont
elle se soit réclamée, elle existait. Elle existe.*
*Si même c'était cette femme de soixante ans de
l'H.L.M. de Vincennes, elle existerait. Il dit que
la question est sans objet.*

— *Trois ans.*

— *Le nombre d'heures passées au téléphone : des mois.*

— *Il y a des périodes, quelquefois d'un mois, pendant lesquelles elle ne donne pas signe de vie. Peut-être est-elle trop malade pendant ces périodes-là pour le faire.*

— *Et puis elle rappelle.*

L'orgasme commun est aride.
Immense
Nu
Incomparable.

— *Une nuit, il le lui demande : a-t-elle eu des amants avant lui ? Un homme l'a-t-il approchée ? Lui n'a d'elle que cette odeur des billets de banque touchés par ses mains.*

— *Elle dit oui. Elle a eu un amant. Un prêtre rencontré dans un train. Elle l'a rendu fou d'amour.*

Et puis elle l'a quitté.

Elle livre tous les détails. Elle crie les détails.

— *Leur jouissance atteint le meurtre. Elle crie en racontant le supplice du prêtre fou d'amour qu'elle avait quitté.*

Il crie qu'il veut savoir encore.

— *Ils se retrouvent à l'aurore dans des lits séparés. Ils pleurent.*

— *Les derniers temps, elle est presque toujours couchée, mourante. Elle est tout le temps sous perfusion. Il lui arrive parfois de s'évanouir au téléphone.*

— *Il le sait à sa voix. Il distingue ses voix de ses voix. Sa voix couchée.*
Sa voix mourante.
Sa voix piégée ou d'enfant.

— *Sa voix quand elle parle du père adoré.*
Sa voix de salon, sa voix menteuse.

— *Sa voix dénaturée, détimbrée du désir.*

— *Sa voix d'épouvante.*
Elle ne peut plus lui mentir.

— *Une fois encore. Elle lui donne une indication sur la maison de Neuilly. En ce moment on construit une fontaine dans le parc. Entre la haie et la pelouse. Un jour entier il parcourt les rues de Neuilly à bicyclette. Tout un jour. Il cherche non pas la fontaine dans le parc, mais au-delà. Un détail imprévu mais probant.*
Une couleur de mur. De grille.

— *Une certaine disposition des fenêtres des chambres. Une certaine lumière voilée au-dessus du tout. Un signe du ciel.*

— *Il ne trouve rien. Il dit qu'il n'a pas parcouru toutes les rues de Neuilly.*

— *Le lendemain il recommence.*
Elle le laisse chercher.
Ne donne aucune indication supplémentaire.

— *Sauf celle-ci cependant, le soir de ce jour-là, que sa chambre est visible de la rue, que les fenêtres ne sont jamais fermées, que son lit est ainsi ouvert à tous les regards.*

— *Il dit maintenant qu'il aurait pu trouver la maison de Neuilly s'il avait voulu voir.*

— *Avait-il une image d'elle ?*

— *Il dit qu'au début, oui, il aurait eu cette image noire, de femme à cheveux noirs. Et puis qu'ensuite cette image aurait été remplacée par celle des deux photographies. Et puis qu'ensuite encore, lorsque les photographies auraient été oubliées, il aurait retrouvé l'image noire donnée par elle.*

Il dit n'avoir plus maintenant aucune image d'elle.

— *Dit-il avoir menti ?*

— *Non. Il dit avoir confondu les moments, les jours, les lieux, ne pas avoir de chronologie — ne pas disposer ici d'une raison claire, ne pas en entrevoir l'utilité.*

Il dit qu'elle, de même que lui, aurait confondu entre sa propre image dans la glace et celle de ce jeune homme entrevu place de la Bastille. Entre

mourir et vivre. Entre son corps et le sien, inconnu.
Entre l'inconnu du sien et tout inconnu.

Qu'elle, de même, de même que lui, n'aurait pas
su si elle était celle de l'histoire ou celle, en dehors,
qui regardait l'histoire.

— Il dit qu'elle était peut-être ce jeune enfant
qui pendant les nuits où elle se disait aller si mal,
passait sous ses fenêtres et la regardait mourir.

— Ce jeune rôdeur de Neuilly qui passait le
soir et la regardait mourir.

— Une fois elle reste plusieurs jours sans
téléphoner. Quand elle recommence à téléphoner
elle lui annonce la nouvelle.

— Elle lui dit être de plus en plus malade. Et
devoir mourir.

Lui annonce son mariage.

— Son mari est ce chirurgien qui la soigne
depuis dix ans. Se souvient-il? Celui qui la

connaît depuis toujours, qui l'a vue naître ? Qui l'a toujours soignée, protégée ?

— Peu après on téléphone. Un homme. Il dit être le futur mari.
Il exige que cessent leurs relations.
Il confirme la mort prochaine.

— Il prononce pour la première fois le mot de folie.

— Pour la première fois le mot est prononcé : folie.

— Elle téléphone une dernière fois.

— Lui dit la date du mariage. Pas l'endroit.

— Lui dit n'avoir eu d'amour que pour lui, son seul amant.

Regrette d'avoir à mourir.

— *Le mariage a lieu un jour d'été, en 1975. Il n'est pas à Paris.*

— Vous aviez parlé de la mer aussi.

— Ah oui, peut-être... Des rats crevés le long des quais de Thessaloniki... de l'odeur de l'anis, de celle de l'ouzo... de l'odeur de la vase aussi... de la fin de la mer.

— Vous aviez parlé d'un film aussi.

— Oui... le film... le film n'a pas été tourné... Il y aurait eu des gens, ici. On les aurait découverts ici, plongés dans une réflexion commune très absorbante...

— Et qui tout à coup se serait arrêtée...
ou qui aurait été arrêtée par la mort par
exemple...

— C'est ça, oui... ou par un doute tout à
coup... d'ordre général.

Césarée

Césarée
Césarée
L'endroit s'appelle ainsi
Césarée
Cesarea

Il n'en reste que la mémoire de l'histoire
et ce seul mot pour la nommer
Césarée
La totalité.
Rien que l'endroit
Et le mot.

Le sol.
Il est blanc.

De la poussière de marbre
mêlée au sable de la mer.

Douleur.
L'intolérable.
La douleur de leur séparation.

Césarée.
L'endroit s'appelle encore.
Césarée
Cesarea.

L'endroit est plat
face à la mer
la mer est au bout de sa course
frappe les ruines
toujours forte
là, maintenant, face à l'autre continent déjà.
Bleue des colonnes de marbre bleu jetées là devant
le port.

Tout détruit.
Tout a été détruit.

Césarée
Cesarea.
Capturée.
Enlevée.
Emmenée en exil sur le vaisseau romain,
la reine des Juifs,
la femme reine de la Samarie.
Par lui.

Lui.
Le criminel
Celui qui avait détruit le temple de Jérusalem.

Et puis répudiée.

L'endroit s'appelle encore
Césarée
Cesarea.

La fin de la mer
La mer qui cogne contre les déserts

Il ne reste que l'histoire
Le tout.
Rien que cette rocaille de marbre sous les pas
Cette poussière.
Et le bleu des colonnes noyées.

La mer a gagné sur la terre de Césarée.
Les rues de Césarée étaient étroites, obscures.
Leur fraîcheur donnait sur le soleil des places
l'arrivée des navires
et la poussière des troupeaux.
Dans cette poussière
on voit encore, on lit encore la pensée
des gens de Césarée
le tracé des rues des peuples de Césarée.

Elle, la reine des Juifs.
Revenue là.
Répudiée.
Chassée
Pour raison d'État
Répudiée pour raison d'État
Revient à Césarée.
Le voyage sur la mer dans le vaisseau romain.
Foudroyée par l'intolérable douleur de l'avoir quitté, lui, le criminel du temple.

Au fond du navire repose dans les bandelettes blanches du deuil.
La nouvelle de la douleur éclate et se répand sur le monde.
La nouvelle parcourt les mers, se répand sur le monde.

L'endroit s'appelle Césarée.

Cesarea.

Au nord, le lac Tibériade, les grands caravansé-
rails de Saint-Jean-d'Acre.
Entre le lac et la mer, la Judée, la Galilée.
Autour, des champs de bananiers, de maïs, des
orangeraies
les blés de la Galilée.
Au sud, Jérusalem, vers l'Orient, l'Asie, les
déserts.

Elle était très jeune, dix-huit ans, trente ans, deux
mille ans.
Il l'a emmenée.
Répudiée pour raison d'État
Le Sénat a parlé du danger d'un tel amour.

Arrachée à lui
Au désir de lui.
En meurt.

Au matin devant la ville, le vaisseau de Rome.

Muette, blanche comme la craie, apparaît.
Sans honte aucune.

Dans le ciel tout à coup l'éclatement de cendres
Sur des villes nommées Pompéi, Herculanum

Morte.
Fait tout détruire
En meurt.

L'endroit s'appelle Césarée
Cesarea
Il n'y a plus rien à voir. Que le tout.

Il fait à Paris un mauvais été.
Froid. De la brume.

Les mains négatives

On appelle *mains négatives* les peintures de mains trouvées dans les grottes magdaléniennes de l'Europe Sud-Atlantique. Le contour de ces mains — posées grandes ouvertes sur la pierre — était enduit de couleur. Le plus souvent de bleu, de noir. Parfois de rouge. Aucune explication n'a été trouvée à cette pratique.

Devant l'océan
sous la falaise
sur la paroi de granit

ces mains

ouvertes

Bleues
Et noires

Du bleu de l'eau
Du noir de la nuit

L'homme est venu seul dans la grotte
face à l'océan
Toutes les mains ont la même taille
il était seul

L'homme seul dans la grotte a regardé
dans le bruit
dans le bruit de la mer
l'immensité des choses

Et il a crié

Toi qui es nommée toi qui es douée d'identité je
t'aime

Ces mains
du bleu de l'eau
du noir du ciel

Plates

Posées écartelées sur le granit gris

Pour que quelqu'un les ait vues

Je suis celui qui appelle
Je suis celui qui appelait qui criait il y a trente
mille ans

Je t'aime

Je crie que je veux t'aimer, je t'aime

J'aimerai quiconque entendra que je crie

Sur la terre vide resteront ces mains sur la paroi de
granit face au fracas de l'océan

Insoutenable

Personne n'entendra plus

Ne verra

Trente mille ans
Ces mains-là, noires

La réfraction de la lumière sur la mer fait frémir
la paroi de la pierre

Je suis quelqu'un je suis celui qui appelait qui
criait dans cette lumière blanche

Le désir

le mot n'est pas encore inventé

*Il a regardé l'immensité des choses dans le fracas
des vagues, l'immensité de sa force*

et puis il a crié

*Au-dessus de lui les forêts d'Europe,
sans fin*

*Il se tient au centre de la pierre
des couloirs
des voies de pierre
de toutes parts*

*Toi qui es nommée toi qui es douée d'identité je
t'aime d'un amour indéfini*

Il fallait descendre la falaise
vaincre la peur
Le vent souffle du continent il repousse
l'océan
Les vagues luttent contre le vent
Elles avancent
ralenties par sa force
et patiemment parviennent
à la paroi

Tout s'écrase

Je t'aime plus loin que toi
J'aimerai quiconque entendra que je crie que je
t'aime

Trente mille ans

J'appelle

J'appelle celui qui me répondra

Je veux t'aimer je t'aime

Depuis trente mille ans je crie devant la mer le spectre blanc

Je suis celui qui criait qu'il t'aimait, toi

Aurélia Steiner

Je vous écris tout le temps, toujours ça, vous voyez.

Rien d'autre que ça. Rien.

Je vais peut-être vous écrire mille lettres, vous donner à vous des lettres de ma vie maintenant.

Et vous, vous en feriez ce que je voudrais bien que vous en fassiez, c'est-à-dire ce que vous voulez.

C'est ce que je désire. Que cela vous soit destiné.

Où êtes-vous ?

Comment vous atteindre ?

Comment nous faire nous rapprocher ensemble de cet amour, annuler cette apparente fragmentation des temps qui nous séparent l'un de l'autre?

Il est trois heures de l'après-midi.

Derrière les arbres il y a le soleil, le temps est frais.

Je suis dans cette grande salle où je me tiens l'été, face au jardin. De l'autre côté des vitres il y a cette forêt de roses et, depuis trois jours, il y a ce chat, maigre, blanc, qui vient me regarder à travers les vitres, les yeux dans les yeux, il me fait peur, il crie, il est perdu, il veut appartenir, et moi je ne veux plus.

Où êtes-vous?

Que faites-vous?

Où êtes-vous perdu?

Où vous êtes-vous perdu tandis que je crie que j'ai peur?

On dit que vous vivez sur une de ces îles des côtes de la France et encore ailleurs.

On dit que vous êtes dans une terre équatoriale où vous seriez mort il y a longtemps, dans la chaleur, enterré dans les charniers d'une peste, dans celui d'une guerre aussi, et aussi dans celui d'un camp de Pologne allemande.

Moi cela m'est égal.

Je vois vos yeux.

Je vois que le ciel du fleuve est bleu de cette même couleur liquide et bleue de vos yeux.

Je vois que ce n'est pas vrai.
Que lorsque je vous écris personne n'est mort.

Et que vous êtes là vous aussi dans ce continent désert.

Ici c'est l'été.

Est-ce que vous aimiez l'été?
Je ne sais plus.

Pour moi non plus je ne sais plus.

Je ne sais pas non plus si je l'aimais en dehors de vous.

Vous vous souvenez?

Ce mot. Cette contrée. Cette terre obscure.

Vous disiez : Il n'en reste rien que ce chemin-là.
Ce fleuve.

Comment rejoindre notre amour. Comment ?

La lumière baisse derrière les arbres il me semble.

Il y a du vent. Il doit faire plus frais.

Le jardin est plein d'oiseaux et le chat devient fou de faim.

Les roses vont mourir très vite maintenant. Cela s'éteindra de l'autre côté des vitres.

Le ciel, au-dessus du fleuve, deviendra noir.

La nuit vient.

Sur ce chat de lèpre et de faim, effrayant, sur ce jardin immobile autour de lui, la nuit vient aussi. Je la vois.

Elle se répand sur vous, sur moi, sur le fleuve.

Est-ce que vous voyez encore ?

Ils disent que tout avait été construit sur la terre.

Que tout avait été habité, occupé, par des peuples, des gouvernements.

Qu'il y avait des palais sur les rives des fleuves et, entre les palais, des fourrés d'orties, de ronces et des nuées d'enfants courants. Des femmes, maigres.

Qu'il y avait des îles.

Des temples.

Qu'il y avait une forêt.

Je ne sais rien des généralités des peuples et du monde.

Aucune d'entre elles ne me tiendra lieu de vous, de cette préférence que je vous porte. Aucune.

Écoutez,

sous les voûtes du fleuve, il y a maintenant le bruit de la mer.

Ceux de la caverne noire.

Ceux des cris du chat lépreux, vous savez, celui aveuglé par la faim et qui appelle à travers le temps.

Vous l'entendez ?

Non ?

Vous n'entendez plus rien peut-être ?

Non ?

Écoutez encore. Essayez. Essayez encore.

Comment venir à bout de notre amour ?

Écoutez.

Sous les voûtes du fleuve, ce déferlement.

Écoutez...

Cette apparente fragmentation dont je vous ai parlé, a disparu.

Nous devrions nous rapprocher ensemble de la fin.

De celle de notre amour.

N'ayez plus peur.

C'est curieux, cette apparence que prend le fleuve quelquefois dans l'éclairement de la nuit, d'aller vers la mer très vite pour tout entier s'y fondre...

Mais qui êtes-vous ?

Qui ?

Comment cela se ferait-il ?

Comment cela se serait-il fait ?

A Londres, au cours de cette peste ? Vous croyez ?

Ou de cette guerre ?

Dans ce camp de l'Est allemand ?

Dans celui de Sibérie ? Ou dans ces îles, ici ?

Ici, vous croyez ?

Non ?

Moi, je ne sais plus.

Je n'ai connaissance seulement que de cet amour que j'ai pour vous. Entier. Terrible.

Et que vous n'êtes pas là pour m'en délivrer.

Jamais Jamais, je ne vous sépare de notre amour.
De votre histoire.

On a tué, ici.

Vous le saviez ?

Tué, oui.

Presque chaque jour. Pendant mille ans. Mille et mille ans.

Oui. Une fois. Mille fois. Cent mille.

Le fleuve ensanglanté.

On a mis en sang, on a enfermé, on a blessé.

Mille ans.

C'est ensuite, oui, après, que ça s'est produit.

Très, très longtemps, rien.

Et puis, une fois, vos yeux.

Vos yeux sur moi.

D'abord le bleu liquide et vide de vos yeux.

Et puis, vous m'avez vue.

Autour de ce chat maigre et fou, la nuit est venue maintenant.

Autour de moi, votre forme.

On dit que c'est dans ces crématoires, vous savez, vers Cracovie, que votre corps aurait été séparé du mien... comme si cela était possible...

On dit n'importe quoi... on ne sait rien...

Écoutez...

Le chat. Il crie...

La faim et le vent qui le dévorent dans le jardin noir...

Écoutez...

A travers les larmes, le chat...

Dans le vent et la faim, il crie. Dans la caverne noire...

Écoutez...

Ses cris... On dirait des plaintes... Comme s'il disait...

Écoutez..

Quoi ? Que dirait-il ? Quel mot ?

Quelle désignation insensée ?

Inepte ?

Vous m'aviez dit : cette ville engloutie, c'est notre terre obscure.

Il n'en reste rien que ce chemin de l'eau qui la traversait.
Ce fleuve.

Vous avez oublié ?

Vous avez tout oublié ?

Si fraîche, vous disiez.

Vous disiez, cette deuxième ville.

Vous disiez : des histoires traînent le long de ce fleuve, de cette longueur fluviale si douce qu'elle appelle à se coucher contre et à partir avec elle.

Oui. Vous avez tout oublié.

Un brouillard monte dans le jardin.

Il se répand sur le fleuve.

Je le vois.

Il se répand sur vous. Sur moi.

Le chat ne crie plus.
Il est mort.

Le froid et la faim.

Et moi, cela m'est égal.

Je ne vous sépare pas de votre corps.

Je ne vous sépare pas de moi.

Comment faire pour que nous ayons vécu cet amour ?

Comment ?

Comment faire pour que cet amour ait été vécu ?

C'est curieux...

C'est par ce chat maigre et fou, maintenant mort, par ce jardin immobile autour de lui, que je vous atteins

Par cette blancheur blanche, ce brouillard infini, que j'atteins votre corps.

Je m'appelle Aurélia Steiner.

Je vis à Melbourne où mes parents sont professeurs.

J'ai dix-huit ans.

J'écris.

Aurélia Steiner

Je suis dans cette chambre où chaque jour je vous écris. C'est le milieu du jour. Le ciel est sombre. Devant moi il y a la mer. Aujourd'hui elle est plate, lourde, de la densité du fer dirait-on et sans plus de forces pour se mouvoir. Entre le ciel et l'eau il y a un large trait noir, charbonneux, épais. Il couvre la totalité de l'horizon, il est de la régularité d'une rature géante et sûre, de l'importance d'une différence infranchissable. Il pourrait faire peur.

Dans la glace de ma chambre, droite, voilée par la lumière sombre il y a mon image. Je regarde vers le dehors. Les voiliers sont immobiles, scellés à la mer de fer, ils sont encore dans le mouvement de la course où les a surpris ce matin l'évanouissement du vent.

Je me regarde, je me vois mal dans la vitre froide de la glace. La lumière est si sombre, on dirait le soir. Je vous aime au-delà de mes forces. Je ne vous connais pas.

Voici qu'entre l'horizon et la plage, un changement commence à se produire dans la profondeur de la mer. Il est lent. Il arrive avec retard, on le découvre alors qu'il était déjà là.

Contre mon corps, ce froid de la vitre, cette glace morte. Je ne vois plus rien de moi, je ne vois plus rien.

Voici, je recommence à voir.

Devant moi est née une couleur, elle est très intense, verte, elle occupe une partie de la mer, elle retient beaucoup d'elle dans cette couleur-là, une mer, mais plus petite, une mer dans le tout de la mer. La lumière venait donc du fond de la mer, d'un trop-plein de couleur dans sa profondeur, et ce contre-jour noir, un moment avant, venait de son jaillissement de toutes parts au sortir des eaux. La mer devient transparente, d'une luisance, d'une brillance d'organes nocturnes, on dirait non d'émeraude, vous voyez, non de phosphore, mais de chair.

Je suis revenue dans ma chambre très vite pour vous écrire. J'ai fermé les portes et les fenêtres. Je me tiens là avec vous dans la découverte de la plage. Je me suis éloignée de la glace. Je me regarde. Les yeux sont bleus, dit-on, les cheveux, noirs. Vous voyez? bleus, les yeux, sous les cheveux noirs. Que je vous aime à me voir. Je suis belle tellement, à m'en être étrangère. Je vous souris et je vous dis mon nom.

Je m'appelle Aurélia Steiner. Je suis votre enfant.

Vous n'êtes pas informé de mon existence.

Vous ne pouvez pas me faire signe, la mort vous retient de me voir, je le sais. Et moi, je vois votre mort comme une illusion passagère de votre vie, celle, par exemple, d'un autre amour. Cela m'est égal. Je suis informée de vous à travers moi. Ce matin, par exemple, par cette disparition momentanée du mouvement de la mer, par cette épouvante soudaine sans objet apparent, j'ai été informée de notre ressemblance profonde devant le hasard du désir.

Parfois d'autres viennent. Ils ont quelquefois l'âge que vous auriez eu.

Dans un monde où vous n'êtes pas en vie ils peuvent me tenir lieu de notre rencontre. Par la longueur et la gracilité adolescente du corps que je vous vois, par la maladresse de votre approche, l'impatience douloureuse, et parfois, les larmes, et parfois aussi ces appels à l'aide au bord du plaisir, il n'y aurait pas si loin entre eux et vous si vous,

*vous aussi, vous vagabondiez aux escales dans les
rues des ports.*

Je leur donne mon corps frais et ils le prennent.

*Ils lui parlent. Ils disent qu'ils l'aiment. Ils
crient, ils pleurent, ils essaient de blesser, je laisse,
je laisse faire. Qu'ils fassent. Qu'ils pénètrent,
qu'ils crient aimer, qu'ils pleurent. Vous auriez pu
être l'un d'eux sauf que vous m'auriez vue. Vous
auriez remarqué ce corps laissé, livré, cette jouissance emportée loin de vous et de laquelle celle-ci ne
veut pas revenir.*

La mer, on dirait. Son bruit au bas de la ville.

*Les yeux fermés, je vous aurais demandé :
comment êtes-vous ? blond ? un homme du Nord,
aux yeux bleus ? Vous auriez, mais à peine, tardé à
me répondre : aux yeux bleus, oui, mais aux
cheveux noirs. Noirs ? Oui.*

*J'aurais demandé : vous cherchez quelqu'un ?
quelqu'un dont on vous aurait parlé ? Vous dites :*

c'est ça. Vous auriez repris : c'est ça, oui,
quelqu'un que je n'ai aucun moyen de reconnaître,
et que j'aime au-delà de mes forces.

Je demande : Aurélia Steiner ?

Il ne répond pas. Il s'éloigne de moi.

Il crie : comment savez-vous ?

Je dis que j'ai entendu parler d'elle par des
voyageurs en escale. Il demande. Il pleure.

Je dis : oui, tous, étaient des hommes à cheveux
noirs.

Dans la chambre fermée de la plage, seule, je
construis votre voix. Vous racontez et je n'entends
pas l'histoire mais seulement votre voix. Celle du
dormeur millénaire, votre voix écrite désormais,
amincie par le temps, délivrée de l'histoire. Vous
seriez parti en courant et j'aurais entendu appeler
dans la ville ce nom sans sujet : Aurélia Steiner.
J'aurais suivi la retombée du bruit des deux mots
jusqu'à leur disparition. Et, à mesure, j'aurais

entendu la rumeur montante de la mer. Il n'y aurait pas eu de vent.

Je me tiens toujours dans cette chambre sombre face à la mer. Je suis seule dans cette maison depuis des années. Tout le monde en est parti pour rejoindre des zones plus calmes de la terre. A cause des tempêtes ici terribles.

Dans l'après-midi une lente dislocation s'est produite entre les eaux vertes et noires de la mer. L'immense flaque a bleui. Le mouvement est revenu à la surface. La mer a frémi comme sous le coup d'un vent soudain. Il n'y avait pas de vent. Le soir, qui arrivait.

J'ai ouvert les portes et les fenêtres de ma chambre et une douce lumière est entrée.

L'horizon était redevenu habituel, lisse et dégagé.

Ma mère morte en couches sous les bat-flanc du camp. Brûlée morte avec les contingents des chambres à gaz. Aurélia Steiner ma mère regarde devant elle le grand rectangle blanc de la cour de rassemblement du camp. Son agonie est longue. A ses côtés l'enfant est vivante.

Toute la mer est redevenue bleue. Comme toujours à cette heure-ci surgit une forte clarté, juste avant l'obscurcissement général que répand le rougeoiement de la nuit.

Je pleure sans tristesse. Le soir qui tombe sur l'absence, vous voyez, toujours.

Voici les grandes plages d'orange et d'or du ciel au-dessus de la mer.

Sous la couleur elle brille déjà décolorée.

Parfois on croit enfin atteinte la dernière frontière du jour, mais non.

Voici que l'or du ciel devient laiteux. Et puis, gris.

Je ne peux rien contre l'éternité que je porte à l'endroit de votre dernier regard, celui sur le rectangle blanc de la cour de rassemblement du camp.

C'était des jours d'été. La mort vous gagnait.

Vous voyiez encore je crois, mais déjà vous ne souffriez plus, déjà atteinte d'insensibilité.

Vous baigniez dans le sang de ma naissance. Je reposais à vos côtés dans la poussière du sol.

Autour de vous, dure et craquée de soleil, cette terre étrangère, cette lumière, cet été parfait, ce ciel de chaleur.

Devant vous, le rectangle blanc dans lequel il meurt.

La tempête est arrivée dans la nuit. Un peu après minuit, dès le commencement du deuxième jour, le vent.

Le voici.

Et puis ensuite elle, la mer. Elle s'est pliée à ce vent, elle l'a suivi.

Ça a commencé par une clameur bestiale. Sa violence a été telle que de mémoire d'homme elle n'avait jamais été aussi terrible.

La mer est montée à l'assaut de la ville, elle a escaladé, envahi.

Elle a cassé les vitres, elle a fracassé les portes et les fenêtres, elle a crevé les murs, elle a emporté des toits et la ville est restée ainsi, ouverte, béante sur le vent. Dans les accalmies soudaines qui se produisaient, les reprises de forces et de souffle, on entendait les gens chanter à pleine voix leurs prières des morts.

Dans les éclairs, on les voyait, debout dans leurs demeures éventrées.
J'écoutais les cris de la mer.

Alors que l'on croyait atteindre l'autre versant de la tempête, juste avant l'aurore, dans la blancheur livide du début du jour, les grands réservoirs à sel ont éclaté sous les coups de boutoir des longues lames blanches du Pacifique Nord. Le sel s'est répandu dans la mer. Sa salinité est devenue mortelle. Elle est passée en quelques secondes de la vie à la mort.

Le jour s'est levé.
Alors, alourdie, empoisonnée, la mer s'est calmée.

Dans le rectangle blanc de la cour de rassemblement ma mère Aurélia Steiner distingue encore le pendu voleur de soupe qui gigote au bout de sa corde, trop maigre, trop léger, il n'arrive pas à se pendre de son propre poids. C'est le matin du deuxième jour.

Ma mère, dix-huit ans, se meurt. Devant elle, au bout de sa corde, il l'appelle, il crie d'amour fou. Elle n'entend déjà plus.

Ici, c'est l'endroit du monde où se trouve Aurélia Steiner. Elle se trouve ici et nulle part ailleurs dans les terres des sociétés protégées d'elle, la mer.

Elle entend que le monde entier se débat contre la même peur, elle voit que ce qui se passe ici se répand sur le monde.

Elle voit que le centre de la peur se déplace. Qu'il tourne autour d'elle.
Elle voit que le monde entier la craint, elle, Aurélia Steiner.

Le lendemain matin la ville est encore ruisselante, elle se retire des terres envahies, des rues, des parcs, des cathédrales. Les bateaux du port sont couchés sur leurs flancs, démâtés. Les plages sont recouvertes de poissons morts asphyxiés par le sel des réservoirs. Des religieux sont sortis des parages de la ville, ils sont venus ramasser les poissons morts pour les donner à manger aux orphelins du monde, ils chantent des cantiques de gratitude.

Dans le ciel glacé le soleil est cru et plein. Toute la ville s'endort dans ce plein jour tranchant et immaculé du ciel d'orage. Je sors dans la ville endormie sous le soleil effrayant. La mer est là, à sa place, rangée dans son trou. Dans des sursauts elle crie encore puis se rendort, un sommeil d'enfant traversé de cauchemars. La ville est blanchie par le sel, elle est pétrifiée dans le chaos où la mer l'a laissée.

Je marche.

Petit à petit, sans que j'en sente rien venir, vous me revenez de l'exil de la nuit, de l'envers du monde, cette ombre noire, dans laquelle vous vous tenez. Vous traversez la ville. Je vous vois rejoindre un hôtel du port. Aujourd'hui vous êtes un marin à cheveux noirs. Grand. Toujours cette maigreur de la jeunesse ou de la faim. Vous vous êtes retourné, vous avez hésité et puis vous vous êtes éloigné. Je sais que la nuit venant vous irez du côté de cette rue et que vous la chercherez, elle, celle que vous avez croisée ce matin dans la ville, et que vous avez regardée. A cause de cette robe légère peut-être et de ce regard bleu sous les cheveux noirs.

Je suis allée me coucher sur la profondeur de la mer, face au ciel glacé. Elle était encore fiévreuse, chaude.

Petite fille. Amour. Petite enfant.

Je l'ai appelée de noms divers, de celui d'Aurélia, d'Aurélia Steiner.

Dans sa profondeur encore elle se débattait entre l'épuisement et l'envie de tuer.

Quelquefois, de grands mouvements la soulevaient, des flancs de bête qui se retournent, ronds, et reprennent leur place dans la litière.

Amour, amour, toutes ces choses qui disent pour nous. Toi, enfant, la mer.

Je lui ai raconté l'état de la ville.

Et puis, je lui ai parlé de l'histoire.

*Elle était sous mon dos, épaisse de dix mètres ?
de huit cents mètres ?*

La différence inexistait.

*Sa surface était purement illusoire, une chair
sans peau, une déchirure ouverte, une soie d'air
glacé.*

*Je lui ai parlé longtemps. Je lui ai raconté
l'histoire. Je lui ai parlé de ces amants du
rectangle blanc de la mort. J'ai chanté. Je lui
parlais, je chantais, et j'entendais l'histoire. Je la
sentais sous moi, minérale, de la force irréfragable
de Dieu.*

*Quand je suis rentrée un marchand de journaux
criait le titre de la colère de la mer. Il disait le
montant des dégâts et qu'on ne décomptait aucune
victime humaine.*

Des gens sont sortis pour acheter le journal.

Je suis rentrée dans ma chambre, j'ai rincé mon corps et mes cheveux à l'eau douce et puis j'ai attendu le jeune marin à cheveux noirs. C'est en l'attendant, lui, que je vous écris.

C'est tremblante du désir de lui que je vous aime.

Je les rassemble à travers vous et de leur nombre je vous fais. Vous êtes ce qui n'aura pas lieu et qui, comme tel, se vit. De tous vous ressortez toujours unique, inépuisable lieu du monde, inaltérable amour.

Vous êtes enfin mort, on vous a dépendu, vous êtes allongé, recroquevillé sur vous-même dans une pose négligée, ensommeillée, d'enfant.

Le rectangle blanc de la cour est vide excepté votre corps.

Les amants sont morts.

Vous aviez volé de la soupe pour la petite fille, Aurélia. On vous avait découvert. On vous a pendu.

Au-dessus de vous, trois jours durant, le ciel allemand, devant vos yeux ce ciel plein d'eau et de pluies fécondes.

Vous avez appelé trois jours durant au bout de votre corde, vous avez crié, répété sans fin qu'une enfant nommée Aurélia Steiner venait de naître dans le camp, vous avez demandé qu'on la nourrisse, qu'elle ne soit pas donnée aux chiens. Vous avez hurlé, supplié le monde, qu'on n'oublie pas la petite Aurélia Steiner.

Vers le soir du troisième jour, on vous a tiré une balle dans la tête, pour mettre un terme à ce scandale.

Elle, elle était morte le matin. A ses côtés, l'enfant vivante.

Les mots Aurélia Steiner n'ont plus sonné dans le camp. Ils ont été repris ailleurs, dans d'autres étages, dans d'autres zones du monde.

Vers le soir, ici, il y a toujours des coups de lumière à l'horizon, même si le temps a été couvert durant tout le jour, de même s'il a plu, les nuages, pendant un instant, s'écartent et laissent passer de la lumière du soleil.

Le soir, encore.

Je l'ai vu à ce coup de lumière sur la mer endormie.

J'ai fermé les yeux.

Je viens de le faire. J'ai cessé apparemment de vous écrire.

Ainsi, parfois, je vois la couleur liquide et bleue des yeux vides déjà pris par la mort du jeune pendu de la cour de rassemblement. Je vois aussi la jeunesse.

Dix-huit ans, aussi. Et qu'il avait cependant atteint sa taille définitive.

Je ne sais pas son nom.

Je ne vois pas la mère sous le bat-flanc. Rien d'elle, sauf le geste de cacher l'enfant.

Le marin à cheveux noirs est derrière la fenêtre ouverte. Il me regarde.

Il me demande d'où je suis. Je dis ne pas savoir.

Il me dit qu'il était sur la plage lorsque je me baignais dans la mer.

Il ne se souvient pas bien de celle qu'il a rencontrée dans la ville ce matin, il doit avoir rencontré une autre personne. Je lui demande de laquelle il a le désir. Il me dit de celle du matin.

Je lui dis que c'était moi.

Je lui dis : je vais vous donner un nom.

Vous allez le prononcer, vous ne comprendrez pas pourquoi et cependant je vous demande de le faire, de le répéter sans comprendre pourquoi, comme s'il y avait à comprendre.

Je lui dis le nom . Aurélia Steiner.

Je l'écris sur une page blanche et je lui donne.

Il déchiffre lentement puis il me regarde pour savoir s'il a correctement lu.

Je ne dis rien. Je m'allonge près de lui.

Il répète le nom, il voit que je l'écoute.

Il est maladroit tout d'abord, ne sachant dans quelle langue le dire, puis ensuite il jette le papier, il vient près de moi et me regarde et me parle avec le nom.

Il enlève ma robe avec soin. Il dispose, dirait-on, d'un temps très grand devant lui.

Il commence à découvrir le corps d'Aurélia Steiner.

Elle ne regarde toujours pas, les yeux fermés sur le rectangle blanc de la mort.

Parfois il dit le nom tout entier.

Parfois il dit seulement le prénom.

Parfois le nom seul.

Il ne sait plus dire aucun autre mot.

Il les dit dans des baisers, les lèvres contre la peau, il les dit à voix basse, il les crie, il les appelle à l'intérieur du corps, contre la bouche, contre le mur. Il leur tient tête. Parfois il s'immobilise dans une contention qui le fait gémir, alors il perd la mémoire des noms dirait-on, et puis tout bas, de nouveau il les dit dans un effort douloureux comme si leur profération elle-même en était cause.

Il dit : Juden, Juden Aurélia, Juden Aurélia Steiner.

Il se tient à l'entrée du corps d'Aurélia Steiner, reste là, toujours dans le soin extrême de mener le supplice jusqu'à son terme. Puis il entre dans le corps.

Dans un mouvement très lent, inverse de celui de son emportement, il entre dans le corps d'Aurélia Steiner.

La lenteur fait crier les amants.

De nouveau, il dit les noms, il les répète tout bas, encore.

Il a encore dit les noms, il les a encore répétés, mais sans voix, dans une brutalité qui s'ignorait, avec un accent inconnu.

Je me suis réveillée au petit jour.

Le marin à cheveux noirs était allongé sur le sol de ma chambre. Il me regardait.

Je me suis rendormie. J'ai entendu qu'il disait que ses yeux le brûlaient d'avoir regardé la beauté d'Aurélia Steiner. Que son bateau partait à midi mais qu'il ne serait pas à bord, que le bateau partirait sans lui, qu'il désirait rester avec elle, Aurélia Steiner, quoi qu'il advienne de lui.

J'ai dit que je n'appartenais à personne de défini. Que je n'étais pas libre de moi-même.

Je m'appelle Aurélia Steiner.

J'habite Vancouver où mes parents sont professeurs

J'ai dix-huit ans.

J'écris.

Aurélia Steiner

Aujourd'hui, derrière les vitres il y a la forêt et le vent est arrivé. Les roses étaient là-bas dans cet autre pays du Nord. La petite fille ne les connaît pas. Elle n'a jamais vu les roses maintenant mortes ni les champs ni la mer.

La petite fille est à la fenêtre de la tour et elle regarde la forêt, elle a écarté légèrement les rideaux noirs et elle regarde l'océan de la forêt. La pluie a cessé. Il fait presque nuit mais sous la vitre, au-dessus des arbres, le ciel est encore bleu. La tour est carrée, très haute, en ciment noir. La petite fille est au dernier étage, elle voit d'autres tours de loin en loin, également noires. Elle n'est jamais descendue dans la forêt.

La petite fille quitte la fenêtre et se met à chanter un chant étranger dans une langue qu'elle

*ne comprend pas. Elle n'a pas encore tout à fait
fermé le rideau de la fenêtre et on voit encore clair
dans la chambre. Elle se regarde dans la glace.
Elle voit des cheveux noirs et la clarté des yeux.
Les yeux sont d'un bleu très sombre, ils se
décolorent avec le soir et alors ils ne sont plus
qu'obscurité limpide et sans fond. La petite fille ne
le sait pas. Elle dit avoir toujours connu la
chanson. Ne pas se souvenir l'avoir apprise.*

*On pleure. C'est la dame qui garde la petite
fille, qui la lave et qui la nourrit. L'appartement
est grand, presque vide, presque tout a été vendu.
La dame se tient dans l'entrée, assise sur une
chaise, à côté d'elle il y a un revolver. La petite
fille l'a toujours connue là, à attendre la police
allemande pour tuer. Nuit et jour, la petite fille ne
sait pas depuis combien d'années, la dame attend.
Ce que sait la petite fille c'est que dès qu'elle
entendra le mot polizeï derrière la porte la dame
ouvrira et tuera tout, d'abord eux et puis ensuite
elles deux.*

*La petite fille va refermer les doubles rideaux
noirs puis elle va vers son lit et elle allume la petite*

lampe de fer. Sous la lampe le chat. Il se dresse sous la lumière. Autour de lui, pêle-mêle il y a les journaux sur les dernières opérations de l'armée du Reich dans lesquels la dame a appris à écrire à la petite fille. Auprès du chat, étalé et raidi, il y a un papillon mort couleur de poussière, il a une grosse tête velue de chien, ses yeux sont exorbités, encore grands ouverts sur la mort. La peur a dû être terrible avant de tuer.

La petite fille s'assied sur le lit face au chat. Le chat bâille s'étire et s'assied à son tour face à elle. Ils ont les yeux à la même hauteur. Se regardent. Le ronronnement du chat tout à coup grandit à regarder l'enfant, il grandit encore, il remplit l'univers. Un ouragan est enfermé dans le chat, très sourd, très loin dans le chat mais parfois s'extrait presque de lui, éraillée, une plainte de bonheur fou. Voici, le chant juif, la petite fille le chante pour le chat. Le chat se couche sur la table et la petite fille le caresse, sa main parcourt le corps du chat et tout à coup elle appuie fort sur la forme aplatie écrasée du chat en vie — à lui couper le souffle, à lui faire peur — le chat se débat, veut fuir — alors la petite fille fait sa main moins

forte et appelle le chat avec des mots d'amour. Le
ronronnement du chat reprend, la petite fille met
son oreille contre le ventre chaud et s'en remplit.
Puis elle prend le papillon mort, elle le montre au
chat, le regarde avec une grimace pour rire, et puis
jette et chante encore le chant juif. Puis les yeux du
chat et de la petite fille se regardent jusqu'à ne
plus voir.

Du fond du ciel tout à coup, la voici. La guerre.
Le bruit. Du couloir la dame crie de fermer les
rideaux, de ne pas oublier. Les épaisseurs d'acier
commencent à passer au-dessus de la forêt.

— Parle-moi, crie la dame.

— Encore six minutes, dit la petite fille.
Ferme les yeux.

Le toit du bruit qui se rapproche, la charge de
mort, les ventres pleins de bombes, lisses, prêts à
s'ouvrir. La petite fille dit .

— Ils sont là. Ferme les yeux.

La petite fille regarde ses petites mains maigres sur le chat. Elles tremblent comme les murs, les vitres, l'air, les tours entières, la masse de la forêt.

— *Viens, crie la dame.*

Ça passe toujours. Ils sont là un peu après qu'ait dit la petite fille. Les ventres à la peau si fine d'acier bleu pleins, pleins d'enfants. Et puis au plus fort du passage, brutalement, l'autre bruit. Celui des pointes acérées des canons antiaériens. La petite fille écoute, attend, écoute encore le vent à travers l'acier et puis elle parle au chat.

— *C'est vers le Rhin. Cologne.*

Rien n'est tombé du ciel, aucune chute, aucune clameur. La petite fille a bien écouté, rien.

— *Où ils vont? crie la dame.*

— *Berlin, dit l'enfant.*

La dame crie.

— *Viens.*

La petite fille quitte le chat et va voir la dame, traverse l'appartement noir. La voici. Là il fait clair. Là, aucune fenêtre, aucune ouverture sur le dehors, c'est le bout du couloir vers la porte d'entrée, là où ils doivent arriver. Une ampoule accrochée au mur éclaire la guerre. La dame est là à surveiller la vie d'un enfant. Elle a laissé son tricot sur ses genoux. On n'entend plus rien sauf, loin, le relais des canons antiaériens. La petite s'assied aux pieds de la dame et elle lui dit :
— *Le chat a tué un papillon.*

La dame et la petite fille restent longuement enlacées à pleurer et à se taire gaiement comme chaque soir.

— *J'ai encore pleuré, dit la dame, tous les jours je pleure sur l'admirable erreur de la vie.*

Elles rient. La dame caresse les cheveux, les écheveaux de soie, les boucles noires luisantes. Le bruit s'éloigne de la forêt. La dame se penche et

sent les cheveux de l'enfant, les mange, elle dit
qu'à la bouche ces cheveux sentent la mer.

— Écoute ils passent le Rhin dit l'enfant.

— Oui.

Il n'y a plus aucun bruit sauf celui des rafales
de vent qui passent aveugles et dérangent et broient
l'immobilité de la forêt.

— Ils vont où ? demande la dame.

— Berlin, dit l'enfant.

— C'est vrai, dit la dame, c'est vrai...

Elles rient. La dame demande :

— Qu'est-ce qu'on va devenir ?

— On va mourir, dit l'enfant, tu vas nous tuer.

— Oui, dit la dame — elle cesse de rire — tu
as froid — elle touche le bras.

La petite fille ne répond pas à la dame.

— Le chat, je l'appelle Aranahancha —
l'enfant rit.

— Aranahancha, répète la dame.

La petite fille rit très fort. La dame rit avec elle
et puis elle ferme les yeux et touche le corps de la
petite fille et se plaint.

— Tu es maigre, dit la dame, tes petits os sous
la peau.

La petite fille rit à tout ce que dit la dame.

Et puis voici elles se mettent à chanter le chant
juif. Puis la dame laisse l'enfant chanter seule et
pour la centième fois lui raconte.

— Sauf ce petit rectangle de coton blanc cousu
à l'intérieur de ta robe, dit la dame, ce premier
jour, nous ne savons rien ni toi ni moi. Sur le

*rectangle blanc il y avait les lettres A.S. et une
date de naissance. Tu as sept ans.*

La petite fille écoute le silence. Elle dit :

— Oui, ça doit être Berlin.

*Elle se relève et rejette brutalement la dame,
presque des coups, puis elle crie sans mots puis elle
se relève et retourne dans sa chambre. Traverse les
couloirs noirs. Maigre, si mince, ne dérange rien,
ne se cogne à rien. Elle a dû atteindre sa chambre.
La dame l'entend chanter.*

*Dans la chambre obscure, le chat, encore dressé.
Dans l'abat-jour, un grésillement. Il y a une
mouche. Le chat écoute. Il ne ronronne plus. Le
grésillement s'est arrêté. Le chat oublie la mouche.
De nouveau, il regarde l'enfant. L'enfant, elle,
écoute l'immensité poreuse de la nuit. Elle dit :*

— Oui, c'est Berlin.

*Le grésillement reprend. Le chat se dresse, se
retourne vers l'abat-jour et de sa patte le caresse*

d'un geste contenu et nerveux. Il a compris que le bruit venait de là. Il écoute comme l'enfant écoute à travers le volume de la nuit.

Sous la lampe les yeux du chat luisent avec une perfection minérale, l'enfant les voit de biais tout en écoutant, leur couleur c'est d'abord une transparence incolore, ensuite il y a un anneau vert strié de minuscules canaux où circule de l'or, cet anneau étincelle, il entoure un trou noir par où le chat voit.

Voici, ils reviennent. Les canons antiaériens de nouveau contre les ventres lisses d'acier bleu. Ils cognent, essayent d'éventrer, de trouer.

— Écoute, dit l'enfant.

Le bruit augmente, ordonné, long, un fleuve, un flot continu, le bruit entier. Moins lourd qu'à l'aller.

— Pas un qui a été touché, dit l'enfant. Ils sont tous revenus.

Une vieille mouche de l'été sort de l'abat-jour, vacillante. De relais en relais, les sirènes, les coups des canons contre les ventres bleus et vidés. Ils s'éloignent. La mouche n'a plus la force de voler. Pourtant elle réussit à quitter le dessus de la table ; elle pénètre plus avant dans la chambre. Le chat la perd de vue. Les avions s'éloignent et leur éloignement rend plus perceptible le bruit d'agonie de la mouche.

— Cinquante mille morts, dit l'enfant.

Le chat ne ronronne plus. L'enfant l'indiffère totalement. Il se passe un temps assez long. Le bruit décroît. Les yeux du chat sont fixes, ils regardent vers le fond de la chambre. Il sait que c'est par là que la mouche a disparu, le bruit. Les avions, toujours plus loin vers l'océan. L'enfant recommence à chanter. La mouche, encore une fois, essaie de prendre son vol. Bourdonnement éreinté. Elle essaie. Elle se pose partout, à bout de forces chaque fois, à des intervalles de plus en plus rapprochés. Le chat, sûr de l'issue, attend. Son énervement grandit, il le contient.

— Ils passent la mer, dit l'enfant, écoute.

Isolés, inutiles, encore quelques coups de canons antiaériens. La mouche vole pendant une seconde et se plaque, fond contre un mur. Ça fait un bruit qui est reconnaissable à l'enfant et au chat, d'un massacre. Pendant quelques secondes on n'entend plus rien. De temps en temps seulement des réflexions de la dame de l'entrée sur l'avenir des enfants. Le chat écoute — vers la mouche — encore un petit moment. Puis comme la mouche ne revient pas il oublie. Il regarde de nouveau l'enfant. Puis voici le ronronnement du chat dans la nuit devenue si calme. La dame dit que les enfants vont tous être tués. L'enfant rit. Elle montre au chat la direction de la dame. Elle dit :

— *Elle pleure encore.*

Le chat s'étire et bâille longuement. Son poil gris se fend et l'intérieur de sa bouche apparaît, blanc de dents, rose entre celles-ci.

— *Écoute-la, maintenant elle a peur.*

Le chat enfonce ses griffes dans le buvard du bureau et, d'un geste retenu, il les retire. Il reste sur sa faim de la mouche.

— *Je suis juive, dit l'enfant.*

La mouche une dernière fois sort du coma. Son bourdonnement reprend plus creux, bruyant, ivrognesque. C'est la fin. Les élytres battent à vide, elles ne brassent plus un air suffisant pour soutenir le corps. La mouche ne vit plus qu'une existence confuse, brisée.

— *Juif, dit l'enfant.*

La mouche tombe comme un aérolite sur le buvard du bureau entre l'enfant et le chat. Le chat se dresse. La mouche se tord dans une agonie difficile. Elle ne peut plus voler. Le chat élève la patte. Il la pose sur la mouche. L'enfant regarde sans voir. La mouche fait sous la patte du chat un bruit de friture. La patte reste un moment molle, douce, joueuse, le chat n'appuie pas.

— *Je me souviens de ma mère, dit l'enfant.*

Le chat retire sa patte de dessus la mouche. Une aile détachée de la mouche est sur le bureau. L'autre aile est encore sur la mouche, elle bat encore et entraîne le corps dans une ronde sans issue. La mouche essaye encore de voler. Elle n'y parvient plus.

— *Ma mère elle était la reine des Juifs, dit l'enfant. Reine de Jérusalem et de la Samarie. Puis des Blancs sont venus, ils l'ont emmenée.*

Elle montre la dame de l'entrée.

— *Elle ne le sait pas.*

Le chat regarde la ronde infernale du corps mutilé de la mouche. L'enfant écoute de nouveau le volume d'air au-dessus de la forêt. Le chat se décide, il penche la tête et avec délicatesse, sans goinfrerie, il prend la mouche dans sa bouche, il fait des mouvements de mastication larges, démesurés, ridicules — la mouche est si petite qu'il n'arrive pas à la sentir sous la dent — et dans un déclic, il l'avale.

Le chat se lèche la patte et se rassied face à l'enfant. Celle-ci avance la main vers le chat, le chat charge cette main, s'y frotte de tout son corps dans un mouvement d'implacable amour. L'enfant laisse sa main ouverte aux abords du corps du chat.

— *Des fois je veux mourir, dit l'enfant — elle ajoute — Mon père je ne sais pas qui c'était, probablement un voyageur, il venait de Syrie.*

Le délire du chat ne connaît plus de bornes. Il fonce sur l'enfant tête baissée et dans un mouvement presque brutal, sous l'effet de la voix douce de l'enfant qui dit vouloir mourir il se caresse le flanc sur sa poitrine. Elle, elle écoute dehors, la guerre, la forêt. Elle dit :

— *Les voilà encore.*

Du fond de l'espace le commencement d'une rumeur, légère mais sans faille aucune. L'enfant prend le chat et le pose par terre. Elle dit :

— *Laisse-moi.*

Dans l'entrée la dame entend la deuxième charge de mort, le long convoi des matériaux, des bombes.

— *C'est où cette fois ? demande la dame.*

— *Düsseldorf, dit l'enfant.*

— *C'est vrai, dit la dame.*

D'un bond le chat revient sur le bureau, toujours frémissant de désir.

— *Laisse-moi, dit l'enfant.*

Elle a posé sa tête sur le bureau, elle n'a plus de visage. Au loin, la dame du couloir récite la liste des villes du Palatinat et demande à Dieu le massacre du mal, celui des populations alle-mandes. Elle récite une prière inconnue de l'enfant. Le chat, de toute sa force, essaye de s'immiscer sous le visage de l'enfant, de s'introduire entre ses cheveux et son front. La voix sourde sous les cheveux :

— *Laisse-moi, laisse-moi.*

Non, le chat ne veut pas laisser.

L'enfant prend le chat et le pose par terre.

Le chat n'insiste plus. Il se caresse aux pieds du bureau puis il sort. Il est sorti de la pièce, il est dans les couloirs noirs vers la dame. L'enfant entend le léger craquement du plancher sous ses pattes. Ça s'éloigne. Elle entend tout. Puis il n'y a plus rien, sauf au loin, la masse de mort, épaisse et continue qui se rapproche de la tour.

— *Ils sont nombreux? demande la dame au fond du couloir.*

— *Cent, dit l'enfant.*

Les voilà au-dessus de la forêt. On dirait qu'ils touchent la tour. L'enfant éteint la lampe du bureau. Elle se couche la tête dans ses mains. Elle crie à la dame.

— *Je voudrais qu'ils tombent.*

La dame entend mal. Elle dit que quelqu'un a crié et qu'elle a peur, en pleine nuit qui ça peut être ? L'enfant crie :

— Je veux mourir.

Le fracas est tel, la tête en est remplie, les murs, la forêt, on ne respire pas on ferme les yeux, on se tait, sauf l'enfant qui crie, qui appelle la mort. Elle pleure dans ses mains. Les canons antiaériens ont recommencé à tirer contre les ventres pleins. Les avions sont ralentis on dirait. On dirait qu'un ventre plein d'enfants vient d'éclater. L'enfant crie.

— Maman, crie l'enfant.

La dame a entendu aussi. Elle crie, elle demande ce que c'est, qu'est-ce que c'est ? l'enfant dit que la tour a été touchée et qu'elles vont mourir. Et puis elle rit.

La dame n'a pas compris. Elle recommence à énumérer les villes du Rhin et à demander à Dieu d'exterminer le mal, le monde. Elle ne prie plus, elle récite des leçons de géographie allemande apprises dans l'enfance. Tout ce qu'elle dit est troué par les sifflements des canons antiaériens. La lampe s'est éteinte. L'enfant se tait. La dame l'appelle, elle est dans le noir, elle a peur. Et puis, soudain ce bruit, ce raclement énorme de la chute, et puis plus rien. L'enfant crie :

— La forêt.

Le bruit de l'escadrille décroît, les canons suivent le contingent, de loin en loin. La guerre s'éloigne. La lumière ne revient pas. L'avion tombé est laissé seul. L'enfant va à la fenêtre et soulève les rideaux noirs. Il y a un feu énorme au bas de la tour, solitaire. L'avion touché. Il éclaire toute la forêt. Le ciel noir.

— Viens, hurle la dame.

L'enfant va.

— C'est fini, dit la dame. Tu es là ?

Oui. Elle dit que la forêt brûle, juste là, en bas de la tour. Que tout est désert à part le feu. Que demain la place de l'avion fera un trou noir dans la forêt. Elle prend une bougie le long du mur — elle voit dans le noir l'enfant — et elle l'allume. Et elle chante le chant juif. Elle est assise par terre aux pieds de la dame. Et elle chante le chant juif et la dame commence doucement à s'endormir sous le chant d'Aurélia Steiner.

— *Ils reviendront par où? demande la dame.*

— *Liège, dit Aurélia.*

— *C'est vrai, c'est vrai, dit la dame.*

Aurélia reprend le chant juif. La dame s'endort et commence à parler.

— *Si j'avais su, dit la dame, enfin n'en parlons plus, d'autant que je n'ai rien contre cette petite fille... rien... j'aurais préféré que ce soit des juifs qui s'en occupent, et puis plus jeunes... mais comment?... Partis les deux, dans la nuit, un train de treize fourgons mais partis pour où? et comment*

*faire pour prouver que c'est elle leur enfant ?
comment ?... s'ils reviennent, disent que oui, pourquoi pas ?... elle grandit trop vite la petite fille, on
dit que c'est le manque de nourriture... sept ans
d'après le petit rectangle blanc du tricot...*

*Aurélia a cessé de chanter. Elle écoute la dame
qui contient son histoire. Parfois elle éclate de rire
et la dame se réveille. Elle demande ce qu'il y a,
qui a parlé et où ils sont.*

— *Nimègue, dit Aurélia. Ils passent.*

*La dame dit qu'elle aime cette petite fille,
beaucoup, qu'elle ne sait pas pourquoi. Puis elle se
tait. Puis elle dit encore qu'elle l'aime et tant.
Puis se tait encore. Alors Aurélia la secoue
doucement.*

— *Raconte, dit Aurélia* — *Elle attend, la
dame dort, alors Aurélia lui dicte* — « *alors elle
est montée en courant, elle me portait ?* »

— *C'est ça, dit la dame endormie.*

Aurélia attend. Puis elle demande : Qui ?

— *Ta mère, dit la dame.*

— *« Prenez la petite j'ai une course urgente à faire » ? dit Aurélia.*

— *C'est ça, dit la dame, « j'ai une course urgente à faire je reviens dans dix minutes ».*

— *« Du bruit dans l'escalier ? »*

— *Oui, dit la dame. La police allemande.*

— *Puis plus rien ? demande Aurélia.*

— *Plus rien, dit la dame.*

— *Jamais, jamais ?*

— *Jamais.*

Aurélia se tait. La dame chante le chant juif que chante Aurélia. Aurélia met sa tête sur les genoux de la dame. Elle dit :

— *Où est le chat ?*

La dame caresse les cheveux noirs d'Aurélia. Puis sa main s'arrête. Elle ne répond pas. Elle demande une dernière fois :

— *Alors ? ils sont où ces gens ?*

— *Liège, dit Aurélia, ils rentrent.*

— *Alors ? demande la dame, celui qui est mort ?*

— *Rien, dit Aurélia.*

Aurélia serre la dame dans ses bras. La dame se plaint.

— *Embrasse-moi embrasse-moi, dit Aurélia.*

La dame fait un effort et caresse les cheveux d'Aurélia puis la force lui manque, le sommeil est plus fort. De relais en relais dans la ville les sirènes de la fin de l'alerte.

— *Dis-moi son nom, crie Aurélia.*

— *Steiner, dit la dame. Steiner Aurélia. C'est ce que la police criait.*

Le chat. Il revient d'une chambre latérale. Il est encore ensommeillé, il bâille. Il voit Aurélia, il va vers elle, se couche contre elle.

— *Ils passent la mer, dit Aurélia.*

Aurélia se met à caresser le chat, d'abord distraitement puis de plus en plus fort. Le chat guette la main d'Aurélia et la mord, mais sans faire aucun mal. Aurélia appelle la dame.

— *Il a mangé une mouche aussi, crie Aurélia.*

La dame dort. Elle ne répond plus.

Déjà, aux vitres, le jour. Il pénètre dans le couloir de la guerre.

Le chat se couche sur le dos, il ronronne du désir fou d'Aurélia. Son ventre fauve s'étale comme un

*loess. Aurélia se couche contre le chat. Le chat
lèche le front d'Aurélia. Son ronronnement remplit
la tête d'Aurélia. Elle est comme morte Aurélia et
le chat s'en amuse comme un instant avant de la
mouche, une des premières de l'été.*

*— Ma mère, dit Aurélia, elle s'appelait Auré-
lia Steiner.*

*Aurélia met sa tête contre le ventre du chat. Le
ventre est chaud, il contient le ronronnement du
chat plus vaste que le chat, un continent enfoui.*

— Steiner Aurélia, dit Aurélia. Comme moi.

*Toujours cette chambre où je vous écris. Aujour-
d'hui, derrière les vitres, il y avait la forêt et le
vent était arrivé.*

*Les roses sont mortes dans cet autre pays du
nord, rose par rose, emportées par l'hiver.*

*J'ai encore pleuré. Parfois je crois voir votre
main à travers ma main, celle qui ne m'a jamais
touchée. Je la vois passer sur mon corps, si libre si*

seule, folle de connaissance et séparée de votre vouloir, de vous, de moi. Elle va. Touche. Et connaît de moi, de la sorte, ce que moi j'en ignore.

Il fait nuit. Maintenant je ne vois plus les mots tracés. Je ne vois plus rien que ma main immobile qui a cessé de vous écrire. Mais sous la vitre de la fenêtre le ciel est encore bleu. Le bleu des yeux d'Aurélia aurait été plus sombre, vous voyez, surtout le soir, alors il aurait perdu sa couleur pour devenir obscurité limpide et sans fond.

Je m'appelle Aurélia Steiner.

J'habite Paris où mes parents sont professeurs.

J'ai dix-huit ans.

J'écris.

GÉNÉRIQUES

Le Navire Night

Les Productions Athénée et les Ateliers Claude Régy ont produit *le Navire Night* dans une mise en scène de Claude Régy, en mars 1979, au Théâtre Édouard VII, avec Michael Lonsdale, Bulle Ogier, Marie France. — Musique : Ami Flammer. — Assistant pour la mise en scène : Louis Chavance.

Les Productions du Losange ont produit le film *le Navire Night* dans une mise en scène de l'auteur, en mars 1979, avec les voix de Benoît Jacquot, Marguerite Duras. — Directeur de la photographie : Pierre Lhomme. — 1er assistant opérateur : Michel Cenet. — 2e assistant opérateur : Éric Dumage. — Ingénieur du son : Michel Vionnet. — Perchman : Jean-Jacques Ferran. — Chef monteuse : Dominique Auvray. — Assistante monteuse : Roselyne Petit. — Stagiaire : Agnès Vaurigaud. — 1er assistant réalisateur : Geneviève Dufour. — Stagiaire : Cécile Lemoine. — Maquilleur : Renaldo Ebreu. — Photographe de plateau : Dominique Lerigoleur. — Chef électricien : Pierre Abraham. — Électricien : Michel Bongonckel. — Chef machiniste : Marcel Jaffredo. — Groupman : Patrick Morsch. —

Voiture travelling : Bernard Chateau, Jean-Claude Oubart.
— Directeur de production : Jacques Tronel. — Secrétaire
de production : Amira Chemakhi. — Mixage : Dominique
Hennequin. — Auditorium : S.I.S. — Générique : Léo Lax.
— Caméra : Panavision. — Laboratoire : L.T.C.

Césarée

Production : Les Films du Losange — Texte et réalisa-
tion : Marguerite Duras. — Image : Pierre Lhomme,
Michel Cenet, Éric Dumage. — Montage : Geneviève
Dufour. — Musique : Ami Flammer. — Mixage : Domini-
que Hennequin. — Laboratoire L.T.C. — Auditorium
S.I.S.

Les mains négatives

Production : Les Films du Losange. — Texte et réalisa-
tion : Marguerite Duras. — Image : Pierre Lhomme,
Michel Cenet, Éric Dumage. — Montage : Geneviève
Dufour, Roselyne Petit. — Musique : Ami Flammer. —
Mixage : Dominique Hennequin. — Laboratoires L.T.C.
— Auditorium S.I.S.

DU MÊME AUTEUR

TOME IV : *Véra Baxter ou Les plages de l'Atlantique —
L'Éden Cinéma — Le Théâtre de L'Amante anglaise*. Adaptations de *Home*, de David Storey, et de *La Mouette*, d'Anton
Tchékhov, 1999

LE VICE-CONSUL, 1965 (L'Imaginaire n° 12)

L'AMANTE ANGLAISE, 1967 (L'Imaginaire n° 168)

ABAHN SABANA DAVID, 1970 (L'Imaginaire n° 418)

L'AMOUR, 1971 (Folio n° 2418)

INDIA SONG, texte théâtre film, 1973 (L'Imaginaire n° 263)

NATHALIE GRANGER suivi de LA FEMME DU GANGE,
1973 (L'Imaginaire n° 588)

LA MUSICA DEUXIÈME, 1985

LA VIE TRANQUILLE — UN BARRAGE CONTRE LE
PACIFIQUE — LE MARIN DE GIBRALTAR — LES
PETITS CHEVAUX DE TARQUINIA — DES JOUR-
NÉES ENTIÈRES DANS LES ARBRES, coll. « Biblos »,
1990

L'AMANT DE LA CHINE DU NORD, 1991 (Folio n° 2509)

LE THÉÂTRE DE L'AMANTE ANGLAISE, 1991 (L'Imaginaire n° 265)

ÉCRIRE, 1993 (Folio n° 2754)

ROMANS, CINÉMA, THÉÂTRE, UN PARCOURS, 1943-
1993 : *La Vie tranquille — Un Barrage contre le Pacifique — Le
Boa — Madame Dodin — Les Chantiers — Le Square —
Hiroshima mon amour — Dix heures et demie du soir en été —
Le Ravissement de Lol V. Stein — Le Vice-Consul — Les Eaux et
forêts — La Musica — Des Journées entières dans les arbres —
India Song — Le Navire Night — Césarée — Les Mains négatives
— La Douleur — L'Amant de la Chine du Nord*, coll. « Quarto »,
1997

LE BUREAU DE POSTE DE LA RUE DUPIN ET
AUTRES ENTRETIENS, *entretiens avec François Mitterrand*,
2006 (Folio n° 5379)

ŒUVRES COMPLÈTES, tomes I et II, « Bibliothèque de la Pléiade », 2011

Dans la collection Écoutez lire

LE VICE-CONSUL (4 CD)

Aux Éditions de Minuit

MODERATO CANTABILE, 1958

DÉTRUIRE DIT-ELLE, 1969

LES PARLEUSES, *entretiens avec Xavière Gauthier*, 1974

LE CAMION, suivi de ENTRETIEN AVEC MICHELLE PORTE, 1977

LES LIEUX DE MARGUERITE DURAS, 1977

L'HOMME ASSIS DANS LE COULOIR, 1980

L'ÉTÉ 80, 1980

AGATHA, 1981

L'HOMME ATLANTIQUE, 1982

SAVANNAH BAY, 1982

LA MALADIE DE LA MORT, 1983

L'AMANT, 1984

LES YEUX BLEUS CHEVEUX NOIRS, 1986

LA PUTE DE LA CÔTE NORMANDE, 1986

EMILY L., 1987

Aux Éditions P.O.L

OUTSIDE, 1984 (1ʳᵉ parution, Albin Michel, 1981) (Folio n° 2755 et inclus dans le Folio n° 5705)

LA DOULEUR, 1985 (Folio n° 2469)

LA VIE MATÉRIELLE, Marguerite Duras parle à Jérôme Beaujour, 1987 (Folio n° 2623)

LA PLUIE D'ÉTÉ, 1990 (Folio n° 2568)

YANN ANDRÉA STEINER, 1992 (Folio n° 3503)

LE MONDE EXTÉRIEUR, OUTSIDE 2, 1993 (inclus dans le Folio n°5705)

C'EST TOUT, 1999

CAHIERS DE LA GUERRE ET AUTRES TEXTES, 2006 (Folio n° 4698)

Au Mercure de France

L'ÉDEN CINÉMA, 1977 (Folio n° 2051)

LE NAVIRE NIGHT — CÉSARÉE — LES MAINS NÉGATIVES — AURÉLIA STEINER, AURÉLIA STEINER, AURÉLIA STEINER, textes, 1979 (Folio n° 2009)

Chez d'autres éditeurs

L'AMANTE ANGLAISE, 1968, *théâtre*, Cahiers du théâtre national populaire

VERA BAXTER OU LES PLAGES DE L'ATLANTIQUE, 1980, éditions Albatros

LES YEUX VERTS, 1980, Cahiers du Cinéma

LA MER ÉCRITE, photographies de Hélène Bamberger, 1996, Marval

LA BEAUTÉ DES NUITS DU MONDE, textes choisis et présentés par Laure Adler, avec des photographies de Dominique Issermann, 2010, La Quinzaine/Louis Vuitton

Films

LA MUSICA, 1966, film coréalisé par Paul Seban, distr. Artistes associés

DÉTRUIRE DIT-ELLE, 1969, distr. Benoît Jacob

JAUNE LE SOLEIL, 1971, distr. Benoît Jacob

NATHALIE GRANGER, 1972, distr. Films Moullet et Compagnie

LA FEMME DU GANGE, 1973, distr. Benoît Jacob

INDIA SONG, 1975, distr. Films Sunshine Productions

BAXTER, VERA BAXTER, 1976, distr. Sunshine Productions

SON NOM DE VENISE DANS CALCUTTA DÉSERT, 1976, distr. D.D. Productions

DES JOURNÉES ENTIÈRES DANS LES ARBRES, 1976, INA

LE CAMION, 1977, distr. D.D. Productions

LE NAVIRE NIGHT, 1979, distr. Films du Losange

CÉSARÉE, 1979, distr. Benoît Jacob

LES MAINS NÉGATIVES, 1979, distr. Benoît Jacob

AURÉLIA STEINER dit AURÉLIA MELBOURNE, 1979, distr. Benoît Jacob

AURÉLIA STEINER dit AURÉLIA VANCOUVER, 1979, distr. Benoît Jacob

AGATHA ET LES LECTURES ILLIMITÉES, 1981, distr. Benoît Jacob

DIALOGUE DE ROME, 1982, prod. Coop. Longa Gittata, Rome

L'HOMME ATLANTIQUE, 1981, distr. Benoît Jacob

LES ENFANTS, avec Jean Mascolo et Jean-Marc Turine, 1985, distr. Benoît Jacob

Adaptations

MIRACLE EN ALABAMA de William Gibson. Adaptation de Marguerite Duras et Gérard Jarlot, L'Avant-Scène, 1963

LES PAPIERS D'ASPERN de Michael Redgrave d'après une nouvelle de Henry James. Adaptation de Marguerite Duras et Robert Antelme, Éd. Paris-Théâtre, 1970

Impression CPI Bussière
à Saint-Amand (Cher), le 3 juillet 2014.
Dépôt légal : juillet 2014.
1er dépôt légal dans la collection : janvier 1989.
Numéro d'imprimeur : 2010735.
ISBN 978-2-07-038097-8./Imprimé en France.